U0008700

網路小
Novel@N
156

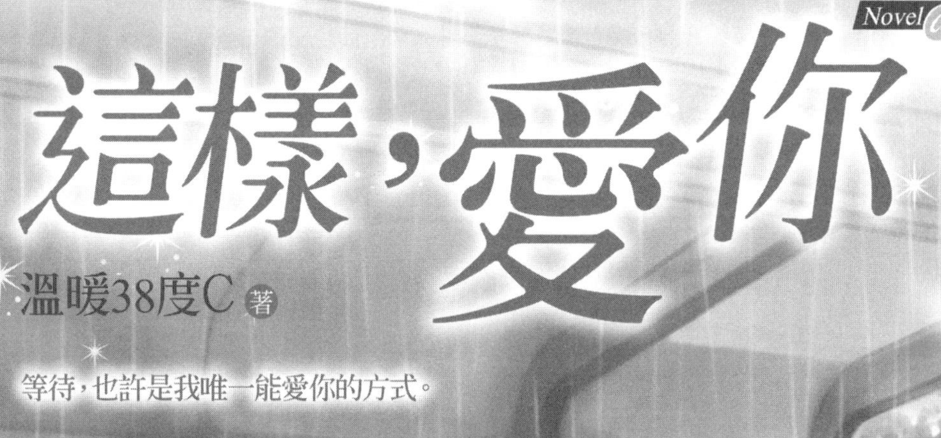

這樣，愛你

溫暖38度C 著

等待，也許是我唯一能愛你的方式。

如果沒有那一場籃球賽，
我真的不知道，自己喜歡上的，竟是這般響叮噹的人物。
看著場邊好多的女孩為他加油打氣，那陣仗，簡直像偶像劇一樣華麗。
而從那天起，我知道，他就是我的夢想。
但，我該怎麼做，才能和夢想更接近？

〔作者序〕

最珍貴的回憶

如果說前兩本的著作是幽默帶點粗魯、我行我素又大而化之的敘事方式，那麼大家也許可以從這第三本故事，重新認識我的另外一面。

這故事的靈感很單純，純粹講出一個暗戀心儀對象的心情，有著小女生的天真、傻氣、可愛，以及小女生頑固和堅持的一面。

想到國中時，自己也曾經那樣深深喜歡著一個班上男同學，可惜那位男同學喜歡的是我的好朋友，所以我只能把喜歡藏在心底，直到他們成爲男女朋友，自己還身兼他們吵架時的和事佬。

一直到畢業前夕，他們分手了，我才對那位男同學告白。和故事裡的女主角不同，我並沒有那麼大膽，沒辦法直接對本人親口說。最後是用即時通對他表白的。我眞的很感謝他沒有拒絕我，反而還向我道歉說他不知道我喜歡他。那樣的窩心，幾乎讓我在螢幕前落淚。

如果當時沒有打消「不如我們就這麼在一起」的念頭，我想我們大概也會有一段美好的交往回憶吧。只是那時即將升高中，就讀的學校不同，加上一些個人因素，所以告白雖然不算失敗，我還是執意保留當初暗戀他的心情，沒有讓故事發展下去。

其實最主要的，在於自己能不能誠實面對自己的心。不管告白的結果是成功或失敗，只要能誠實面對自己內心的想法，那麼，遺憾也就不那麼深了，至少心意已經傳達給對方了嘛。

最後，此書獻給每一位曾經那樣愛著一個人的女孩和男孩們。無論是喜是悲，都將變成人生中的一個重要回憶，等到好老好老的時候，想起從前自己的天眞傻氣，還能會心一笑，那就是青春啊！

溫暖38度C

1

我打從第一眼就對他有好感，那不是一般的好感，而是像丈母娘看女婿，愈看愈有趣、愈看愈滿意、愈看愈對味，那種超乎想像心蕩神迷的好感。

我和他第一次的照面說來尷尬，也叫人羞赧。那天，準備去女廁換每個月一次的大麻煩，誰知道一個倉促步伐下，和一個男孩迎面撞上。我本想開口道歉，一個大發現卻令我連忙住嘴。我看見口袋裡的衛生棉硬生生從口袋掙脫出，直接掉落在人來人往的走廊上。我的尷尬指數當場破錶，驚恐之餘，呆呆瞪著衛生棉足足傻了好幾秒。

下課是學生走出教室活動的尖峰時段，而我那該死的衛生棉卻掉落在人潮往來頻繁的走道上，不用多想，我也猜得到突兀地出現在走廊的衛生棉會引起過路人如何的軒然大波，尤其是正值青春期的男孩們會如何訕笑衛生棉的主人。一想到這裡，我的頭皮不禁一陣發麻，連忙從腦中搜尋出解決方案。

方案一：我應該以迅雷不及掩耳的速度拾起它，塞回口袋裡。

方案二：假裝不是自己的，速速離去。最好是以那種浪子不回頭的堅決態度。

我下意識選擇了後者，因爲光是撿就要花時間，被抓包的風險自然也大。而該死的是，我的婦人之仁促使我逃了幾步後回頭一瞥——可見我沒有浪子的堅決。

回過頭後，我並沒有看見被我惡意遺棄的衛生棉，反而瞧見一個大男孩正以怪異的姿勢和我四目相望。

他雙腳一前一後屈膝，單手撐在地板上，一手固定在膝上，不知道的人還眞的不知道他這個動作是在做什麼。

「喂，你在幹麼？還不去籃球場集合。」突然從轉角跑出來的一個男孩問他，轉移了我對他的注目。

「你先去，我綁個鞋帶。」說話的同時，他把身子蹲得更低了，做出了正在綁鞋帶的動作。

「快點喔！籃球場等你。」

我正困惑著衛生棉憑空消失的奇特異象，眼神掃視走廊，無意間瞥見他的鞋子根本沒有鞋帶，是那種穿套式的休閒鞋。更令我咋舌的是，我好像在他手指頭的縫隙間看見衛生棉的白色包裝。

喔，這是什麼情形？

當他筆直地朝我走來時，手上還握著我的……衛生棉！我腦海中頓時傳出大吃一驚的嗡嗡聲響，儘管內心立刻湧出逃走的念頭，無奈雙腳卻像生了根一樣動也不動。

猛低下頭，暗暗祈禱他不是要來找我歸還女性用品。

「這是妳掉的吧？」哇咧！他終究是來物歸原主了。

我難堪地抬起臉，對上他的雙眸，接著定睛在他那精緻的臉孔上。男孩擁有一雙深邃明亮的黑色瞳孔，一頭蓬鬆有型的短髮，眉毛濃度恰好配他古銅色的肌膚，唇形完美適中，特別是他唇形像極了汪東城的翻版——有型性感。

一瞬間，有他的畫面，背景登時出現一道道奔向天際的煙火，燦爛且絢麗。我是說這男孩帥得令人彷彿看見了煙火，當場我是眞的眞的心花怒放。

意識到自己竟然對他有這種無法克制的情愫，我尷尬地把視線移開。「嗯，眞不好意思。」一定是太久沒在校園內見到如此俊俏的人類，才會一時意亂情迷。

「喏，小心收好。」男孩微笑，試圖化解這尷尬。

我慌亂地接過衛生棉，「謝謝。」這一次相當小心把它給塞牢在口袋裡。

「不會。」他又對我笑了一次，不過這一次的尷尬成分少了一些。

那是我和他的第一次照面，只知長相不知其名，卻爲他心花怒放。

在第二次照面之前，我不知道他是誰，更不知道他是校內萬人迷籃球校隊的一員。由於我一直以來都不太注意校內的大小活動，身爲學生，我只求考試能夠「歐趴」，順利獲取畢業證書。要不是在某天因緣際會下，被好友馨慧拉去觀賞校內的籃球賽，我眞的不會知道他是這般響叮噹的人物。場邊有好幾位女孩爲他加油打氣，還特別做了加油看板。擁有這般粉絲後援會，簡直跟偶像劇一樣華麗誇張。

巧的是，這男孩的班級就在我們教室隔壁。過去三百多個日子以來，這號人物在我生命裡，簡直像電玩裡頭的隱藏版人物，遲遲沒有現身。在我升高二的這一年，我內心才開始對愛情有了蠢蠢欲動的美好幻想。

以前不是對愛情沒有美好幻想，只是時機不對，人也不對。

第一次的美好幻想發生在國中，由於國中年紀的男孩實在太稚氣，動不動打架滋事，又常把髒話掛在嘴邊當問候語。這樣不成熟的心智我無福消受，於是久而久之我也打消了念頭。

第二次對愛情的美好幻想發生在高一剛入學時。然而誰能料得到，我就讀的班級，男生人數十根手指頭都數得出來。慘的是那幾位寥寥可數的異性完全沒有我喜歡的類型，這麼一來，我的愛情幻想再度被打入冷宮。

我以為被打入冷宮的幻想也許再也不會在高中時期出現希望了，沒料到老天爺還是待我不薄。

在場上奔馳傳球給隊員的他，蓬鬆的短髮在風中飄揚起舞，專注的神情、賣力的模樣，讓我深深地著迷。一個運球跳投進籃的動作，惹得我差一點跟著他的粉絲團忘情尖叫吶喊。

好險我把持住了。

理論上，我該迷戀眼前的男孩，而實際上我也在迷戀他。自從和他第一次照面後，我對他為我撿回掉落在走廊令人尷尬的衛生棉的貼心舉動十分有好感。加上他在籃球場上奪目迷人的風采，一舉一動都牽動著我的心跳，令我更是情不自禁掉入對他好感加倍的漩渦。

我對他有好感的反應如下：

一、當看著他，胸腔有股莫名悸動。

二、當看著他，會不由自主地笑開。

三、當看著他，會沒來由地好心情。

綜合以上反應，我稱這種好感為——喜歡。

事實上，我有預感日後對他這個人的好感肯定會愈發地多。

「姜哲漢加油！」粉絲團尖叫聲此起彼落，刺激著我的耳膜。

彷彿在回應粉絲團的死忠吶喊，男孩匆匆回過頭，給了個肯定的笑靨。

恍然間，我以爲男孩看到了我。他歪著頭，朝我的方位遲疑了幾秒，接著瞇起眼，若有似無地揚起嘴角，轉身又繼續賣力投身在籃球場上。

他突如其來的舉動，令我胸腔硬是用力地狠狠跳了好幾下。

第一下是他眼神和我對上的瞬間，第二下，我擔心他認出我是掉衛生棉的那個糗女孩，第三下、第四下第五下……是我對他的笑容萬分心動的證明。

透過女孩們高分貝的尖叫聲，我確定了他的名字叫作「姜哲漢」。

我想，這是初步了解他這個人的第二個重大好消息。

2

我在心底暗自對自己許下一個承諾，假使我和姜哲漢有了第三次、第四次、第五次，到了第六次照面，我就要拋下女孩子的矜持，勇敢去追求他。

爲什麼非要訂下六次這個次數？大概是源於我那該死的爛迷信。六是個吉祥的數字，除了六十是考試的及格分，保佑你學科不被當，不用補考兼暑修，它還代表著六六大順，事事順利，無所阻礙的美德美意。

多好，一切都在我美好的掌握之中。

「姜哲漢不喜歡矮子。」

喔，也許不是他媽的掌握中的那麼美好。

「妳有什麼根據？」我瞪著一旁蹺著二郎腿的馨慧，要是敢不把話說清，她就要爲她的掃興之舉付出代價。

「因爲他交往過的歷任女友都是高個子正妹，少說有一六〇公分。」馨慧毫不隱瞞地對我透露出姜哲漢過去女友的基本條件。

「妳怎麼會知道？」我帶著質疑的眼神直視她，心底有些受挫。

「拜託，我國中和他同班，班上有眼睛的人都知道。」這時，馨慧雙手環胸，看著我幽幽地說。

我難以置信地打量著馨慧，原來她和姜哲漢曾是同班同學，這對我來說無疑是個大發現，理論上也算是個相當有利的大發現，不然我不會知道姜哲漢交往過的女友都是高個子正妹。

「喂，一五五公分算矮嗎？」無視心底那股冉冉上升的挫敗感，我理直氣壯問道。

「夏靖蘋，妳連一五五也不到，明明就是一五四．五好嗎？」她翻了個白眼，還不留情面地連嘆好幾口氣。

我該為我朋友的誠實給予掌聲獎勵嗎？喔不，該死的過分坦白。

「四捨五入不行嗎？」我還在為那○．五公分掙扎。

「省省吧！想著努力長高才是上上策。」她挖苦地說，差點沒惹惱我。

我又該為我朋友的誠懇建議給予肯定嗎？喔天啊，該死的王八意見。

能長高早就繼續長了……

「那有什麼可以長高的方法？」我急切地問。

「有。」她自信且篤定地回答。

「什麼方法?」我睜大眼豎起耳仔細聆聽。

「重新投胎。」一本正經。

「去你媽的賈馨慧!」眞該改名假賢慧。

不介意我口出惡言,馨慧繼續提議道,「說眞的,妳乾脆還是換個人喜歡好了。」她改口勸我。

「說眞的,妳乾脆當我沒問過妳這事算了。」我肯定是天眞得可以,才會想找她這種心狠手辣的天蠍魔女商量。潑我一身冷水不說,居然還唱衰我?

馨慧之於會被我冠上魔女稱號,是由於她對任何事物都沒有太大熱情,甚至有一點和世間脫節,對生活周遭的人事物大多採取漠視與不屑的態度。她擅於隱藏情緒,連身爲她朋友的我,有時候都不甚了解她的內心世界。明明是個漂亮女生,卻是個冰山美人。身邊總是不乏異性追求,卻從來不見她答應和任何一個愛慕者交往,我暗自揣測馨慧大概也對愛情很不屑吧。

重新投胎?虧她想出這麼沒良心的建議。

「蘋,開個玩笑嘛,不是要跟我生氣了吧?」她用那雙美眸瞅著我笑。

「是有這個打算。」我雙手抱胸，噘起嘴巴，憤憤地瞪向前方黑板洩憤，難得這麼認眞要跟她商討事情，不認眞回答就算了，還盡提些餿主意氣人。

見我故作冷漠，她端詳起自己擦了透明指甲的十指，語帶誠懇地說：「心動這玩意兒要擋也擋不住。照實際狀況，成功的機率並不大，但身爲朋友，我精神上會爲妳祈禱祝福的。」同時一隻玉手輕拍我肩膀，像是要彌補自己剛才說錯的話，求和意味頗重。

我該爲我好友的這番話而感動痛哭嗎？喔她，眞不該加中間該死的那句。

整了整被她拍皺的衣服，我不抱希望地說：「免了吧妳！別唱衰我就好。」有時候從馨慧嘴裡跑出來的話，還眞教人不敢恭維。

「我是確定他沒跟矮子交往過，不過妳可以試試看。」她又說。

「賈馨慧小姐，妳這是在歧視比妳矮的人嗎？」我沒好氣。

有一六〇眞的那麼了不起嗎？我是不知道上面的空氣有多新鮮，但下面的空氣也沒多糟啊。

「才不，小不點身材多可愛呀！」她毫不手軟地捏了我臉兩把。

「賈馨慧小姐，我好歹大妳一點，妳這樣的行爲簡直沒大沒小。」

老是把我當妹妹般看待，忘了誰才是老大，呃……我是指年紀大。

「放心，我還沒小鳥。」她可樂了。

我無言地用力拍掉她那隻可憎的毛手，不知拿她時而冰冷時而熱情的性格怎麼辦。

「說眞的，愛情可以試試。」趕在上課鈴響前，馨慧撂下這句聽似安慰我的話語便急忙如廁去。

即使她沒這麼建議，我也正打算這麼做。因爲打從第一眼和男孩目光對上那瞬間，我就知道我絕對會喜歡這個人，而且還是那種具有爆炸性的強烈好感。

愛情可以試試，那麼我喜歡的那個人，是否也願意試試？

3

自從得知姜哲漢的班級就在隔壁，每天一到下課時間，我會時不時就到教室外碰運氣，期盼能和他有所交集，即便是一眼交會的瞬間也好。

我是在期待某些東西，期待一些關於愛的可能。這似乎不合常理又有些可笑，沒想到一見鍾情的魔力會讓我決心要愛上那個人，並且對他百分百地忠誠。在他察覺我心思之前，我會像個拓荒者默默耕耘，期待有一天他能給予我感情的肯定。

這似乎是一種會上癮的惡習，在我今天連續五次步出教室後，我終於見到了姜哲漢……不過，卻在我走過他教室，後方才傳來他的聲音。當我回過頭，我能看見的只是他的背影。有時候運氣就是這樣，儘管近在天邊，而距離就只隔一道牆，向左向右的抉擇，卻足以推翻相遇的可能。

好吧，至少看到背影了，我安慰自己。

第七節下課，老師耽擱了一會兒時間，我心急地在內心數秒，直到老師放我們一馬，時間已經過了三分又二十七秒。

著急地奔出教室，用最蹩腳的動作往隔壁班窺探，心底暗自期盼姜哲漢在教室裡，當他走出教室的時候，我會想辦法和他眼神對上，然後徹底實施六次照面後的追求計畫，雖然馨慧老是說我這計畫很蠢，但我可是樂在執行，樂此不疲。無奈窺探結果卻是令人沮喪的敗興而歸，他不在教室。

當然，偷窺他有沒有在班上的舉動，是在緊急必要時刻才能做的。像是老師沒有準時放學生下課這種情況。

收起失落心情，轉往福利社方向，打算買個巧克力轉換籠罩在我身上的低迷氣氛。每次吃甜的東西，總能幫助我調劑心情，平撫情緒。

想搶在上課鈴響前嗑掉巧克力，一出福利社，我的注意力全在打開巧克力的包裝上。走路不看路的結果，撞到人是稀鬆平常的交通意外，而……慘的不是我去撞到人，是那個冒失鬼不但差一點把我撞倒，巧克力還飛出去了這樣。我臉上的表情大概不是很賞心悅目吧。

哪個冒失鬼！

「抱歉，我沒看到妳。」我正替躺在地板上的巧克力哀悼時，冒失鬼這麼開了口。

沒看到我？我思忖著這番話的含意。然後豁然開朗，我想起關於身高這件事。竟敢瞧不起號稱一五五公分的我！我沒有瞪死他，我還對得起天底下跟我一般高的女孩嗎？我今天就要替所有長不高的人類出一口鳥氣。

我頭狠狠一抬，「你這個……」這一刻，豬頭兩字被我硬生生消音，在我瞧見他的眞面目後。

喔，不得了了！

「妳沒事吧？」他忽然彎腰湊向前，目光盯著我不放。

這一探身，我身體反射性地瑟縮，有一瞬間因爲他的靠近害我緊張得忘了呼吸。

「沒、沒事。」彷彿有人在我心臟開啓了加速器，奔騰個不停。

「妳是……」他瞇起眼打量我，彷彿在回憶些什麼。

「你隔壁班的。」我趕緊接他的話。

要是被他想到我是那個掉了衛生棉的糗女孩，還曾經勞駕他幫我撿拾回來，那可眞是糗了個大！更糗的是我還喜歡人家，甚至引頸期盼能在校內碰見他——在任何下課時段，即使是眼神的匆匆交流我也心滿意足。

「難怪有點眼熟。」他明白了似地扯嘴一笑。

隨著他笑容上揚的弧度，我的心跟著在胸腔裡大幅度狂跳。

要命，再這麼對看下去，那響徹雲霄的心跳聲會不會傳到他耳裡？

萬分緊張的時刻，一陣鐘響頓時打破我們之間的沉寂和目光交流。

「上課了。」我說，並且感謝上課鐘聲適時響起，解救我那猶如快馬加鞭的心臟。

他若有所思地瞅了我一眼，逕自撿起沾了大半灰塵的巧克力遞給我，「妳的巧克力……」語氣裡有著抱歉。

我快快接過髒掉的巧克力，「沒關係！」我說。

可惜的感覺，早在發現他是姜哲漢後便自動消失殆盡。我眞想告訴他，其實不吃巧克力也不要緊，因爲他的出現比巧克力更讓我心情好上百倍。

「我賠一條新的給妳。」他充滿歉意地表示。

「眞的沒關係。」我趕著進教室，實際上是想掩飾自己害羞的模樣。

「下一次我賠給妳，還有……我叫姜哲漢。」

第三次照面，他親口告訴我他的名字，並且說要賠我一條巧克力。這代表著我和他的第四次照面，應該很快就會來臨了吧。

我喜出望外，當下對他投以微笑，他也迅速回我一個好看的笑臉。接著，我們有默契般地各自轉身回到班上。

回到座位上，我暗暗地想，掉東西其實也不算太糟，至少每掉一次東西，我便能感覺他的存在。

我想那是愛情吧！而我眞正掉的東西，是心。

4

當我收到姜哲漢的巧克力，已經是三天後的事了。

站在教室門外的他，猶如發光體般，即刻引起班上女同學高度注意，甚至引發小團體間的微微騷動。

「同學，你找誰？」風紀股長羅柏古道熱腸地上前詢問。

「我找一個女生。」他這句話剛落下，班上女同學就妳看我我看妳的八卦神情。

我該向前主動告訴他我在這裡，最左側倒數第三個位置上的人是我，可是我沒有這麼做，當下腦中轉著一個念頭，我希望他自己找到我，那樣我會更開心。

他突然出現在教室門口，我全身像通電般，不僅心跳得緊，連帶身體也因興奮和緊張而微微顫動不已。

沒想到他真的真的會來找我！

「叫什麼名字？」隨著羅柏的問句，那種籠罩全身的雀躍和羞赧更令我如坐針氈。

「她叫……我不知道她叫什麼名字。」他微微蹙起眉頭，困擾地說。

「那她有什麼特徵嗎？」見他沒反應過來，羅柏接續著問：「我是指她的長相。」

他沒搭理羅柏的話，逕自用眼神搜尋，直到終於瞧見了我，才對我扯開一抹笑。

當他對我笑的時候，我的心臟差點沒跳出來，呼吸也變得異常快速。

站起身離開坐位前，我用力吸了一口氣然後吐掉，待呼吸規律後便朝向他走去。一個再平常不過的出教室動作，卻惹來班上女同學的竊竊私語和連連驚嘆。

我才不在乎班上女同學的反應，我在乎的是自己歡喜的雀躍心情。儘管內心充斥著羞赧，緊張爬滿了全身。

選擇站在可以阻隔班上同學好奇眼光的牆面一隅。「喏，給妳。」他交給我一條健達繽紛樂巧克力，「希望妳不會介意是這種口味。」望著手中的巧克力，雖是同廠牌出品，但我眞的不介意他還我的不是一條健達牛奶巧克力。

「我不介意。」心裡暗自盤算不吃掉這條巧克力，而是珍藏起來。

「比起牛奶巧克力，我覺得這種口味更好吃。」他突然像個美食家，評論起巧克力的美味程度。

姜哲漢的嗜好之一，喜歡健達繽紛樂的巧克力，我悄悄在心底記下這筆。

「嗯。」我點頭微笑，並且隨時注意自己的情緒起伏，深怕表現出太過緊張的樣子，會露了餡。期間，有好幾次我都想掐住自己的大腿，希望自己不要過度緊張而顯得格外不自然。

這不是在作夢，他真的就站在我面前和我交談。他神情友善，語調輕鬆自在，好似把我當成朋友般對待。這點，無疑讓我綳緊的神經稍微鬆懈下來，也頓時打消我想掐自己大腿的愚蠢念頭。

「前幾天我把要還妳巧克力的事忘了，現在才拿給妳，應該不會介意吧？」他低下頭，雙眼炯炯有神，朝著我頑皮地笑。

現在才眞正察覺到眼前的他是如此高䠷。依我仰起頭看他的角度，他的身高應該有一百八。意識到自己是如此近距離觀賞他那張好看的臉孔，眼神既大膽又直接，我趕緊移開視線，悄悄斜過眼看他剛毅的下巴線條，我似乎看見他完美唇形上的笑意。又來了！心臟的加速器又啪地開啓了，喔！

「不會、我不會介意。」完蛋，我有預感臉要紅了。

「那就好。」他審視我好幾秒，接著開口，「妳叫什麼名字？我剛剛要找妳……結果叫不出妳的名字。」他略感困窘地抓抓頭髮。

「我的名字？」他想知道我的名字？

心臟撲通撲通地跳，高漲的興奮情緒瞬間攀升了臉頰熱度。

「嗯？」他明亮的黑眸專注地凝視著我。

略略別過頭，鼓足勇氣，接著目光大膽地定睛在他臉龐。

「我的名字叫夏……」

「姜哲漢！體育室借球。」

喔，天殺的程咬金！

「喔，知道了。」他朝著他同學揮一揮手吆喝道。

「靖蘋……」我接著心虛地對著他側臉呢喃。

語畢，他再度把視線放回我身上，「妳剛剛有說話嗎？」

「沒有。」我說謊。

「那……我有事必須先走囉。」

「嗯。」除了嗯，我能說不嗎？

然後，他就旋風似地離開了。

備感沮喪地望著他漸行漸遠的背影，眞想告訴他我叫什麼名字，這樣他才會更記住我。我想知道從他嘴裡吐出夏靖蘋這三個字，會是什麼樣的感覺。

感受到手中物體的重量，我的笑容才再度被喚起。小心翼翼收進口袋裡，這是姜哲漢給我的巧克力，也是我頭一次收到異性給我的巧克力。名義上是他該還我的東西，不過，我會將它視爲寶物。

「唷！什麼好事讓夏小姐笑得如此開心？我去上廁所這段時間，發生什麼好事了嗎？」馨慧語帶曖昧地調侃，可見她耳聞方才發生的事了。

「妳不知道的事可多著呢！」我笑得開朗，臉上有掩飾不住的得意。

我想我應該不會對她據實以告，我喜歡上姜哲漢的理由其一，竟然是因爲他替我撿回衛生棉的壯舉。好啦！我不得不承認其二是因爲他長得還不賴，完完全全正中我的少女心，百分之百吻合我理想中的男友條件。至於其三是因爲他有品，我眞的不在乎他是否該賠償我一條巧克力，而是欣賞他不占人便宜的美德。

他的美德行爲簡直能拿來大肆誇獎一番。

「看不出來妳手腳這麼快，讓人家姜哲漢都找上門了。」雙手抱胸，馨慧嘖嘖稱奇地打量我，一副我讓她跌破眼鏡的表情。

「我還沒付出實際行動好嗎？他甚至還不知道我的名字。」我還在爲沒能把我名字清楚告訴他而第二遍深感惋惜。

馨慧一臉吃驚，「這樣還不算實際行動後的結果？不然，敢問夏靖蘋小姐，什麼時候才是您出手的時機？」她那萬般折服的神情是在佩服我的意思嗎？那多不好意思啊。

「出手？」我吃吃地笑起來，心想「出手」這是哪門子說法。

「您倒是替小的我解惑呀。」馨慧轉動著眼珠子，一臉頑皮的神情瞅著我。

我丟給她一個很受不了的神情，臉上再度掛起微笑，「再兩次，我就出手。」同時裝可愛地把勝利手勢貼在臉上，接著又是一陣無法遏止的傻笑。

「病得不輕哪！笑得跟傻瓜沒兩樣。」不吃我裝可愛這套，馨慧賞我白眼。

「我有嗎？」大概是無法自拔了吧！對姜哲漢的感覺是日益喜歡。

每當期待和他下一次照面，那種渴望的感覺積成思念的雲朵，繾綣在胸口，然後壯大再壯大，每朵雲上都是他，閃耀著粉紅色光芒。

不誇張，眞的是粉紅色光芒，包準甜的那種神奇光芒。

5

我眞的不是很有美術天分，一年級時參加交通安全宣導的海報，意外得到第二名後，我的身上便被貼上了標籤——具有美術天分的才女。班上同學都誤以爲我有繪畫才能，實際上，去年會獲得第二名根本是僥倖才幸運得名。天曉得去年的宣導交通安全海報比賽，全一年級只有幾隻小貓參與，五根手指頭都數得出來的人數。

而我，並不會爲此感到榮耀，甚至覺得名次得來得有些莫名其妙。現在想想，眞是難爲那一屆的評審老師了，花了半小時鬼畫符的作品居然還得前三名，眞想讓人大喊：傑克，有沒有那麼神奇？

今年又因爲我身上的標籤，被推派去參加拒絕毒品海報比賽，即使我強烈推辭，也被班上那群愛起鬨的傢伙視爲害羞，更是仗義執言地替我爭取機會。全班四十六票，贊成四十四票，只有馨慧和我那兩票沒投。結果，這件愚蠢至極的事還是被丟到我身上。往好處想，班上那群傢伙實在欣賞我的才華，往壞處想，他們根本是不想接下這燙手山芋。於是，這正是爲什麼放學後，班上同學都走光了，我卻還待在教室，繼續和拒絕毒品海報的草稿圖搏鬥。過於投入打草稿的動作，忘了時間的流逝，等我眞正注意到時間，時針已經超過六，分針則指到了七。

喔，六點三十五分了，老媽一定會拿晚回家這事數落我。

趕緊收拾書包，起身抓起我的海報。突然，一陣類似雨滴的聲響，奪去了我的注意力。困惑地推開五樓窗戶，我瞇起眼，細看窗外景色，好幾秒後，才察覺外頭是濛濛細雨，空氣間瀰漫著一股雨的清晰味道。

早知道聽馨慧的話，早一點回家，就不會碰上雨天了，我唸唸有詞地咒罵了一聲，準備離開學校。傍晚的校園出奇地靜謐，夜校生三三兩兩地在教室安靜地吃起晚餐。直覺雨勢有轉大的跡象，我趕忙加快腳程步出校園。

等我狼狽地逃到校門口附近的公車亭下，雨勢像西北雨般出其不意地豆大狂下。我無奈地苦笑，這場雨來得眞是凶猛，學校距離我家明明只有五分鐘路程，偏偏礙於我手上的海報遇水容易報銷，我就得像個傻瓜一樣等雨停，或者是等人送雨具來給我。

妙的是我的選擇只能有前者那項，等雨停，或者等雨勢轉小。後者那項我連想都不敢想，一方面不想麻煩家人，二方面還是不想麻煩家人。人偶爾淋點雨又不會死，但是我辛苦打完草稿的海報則會死得很慘。

呆站在公車亭不久，我身旁突然有一道黑影靠近，公車亭內突然多了一個人。我悶悶地盯著地板出神，聽著那個人略微急促的喘氣聲，想必他是和我一樣狼狽地逃到公車亭下避難。

我百無聊賴地望著車來車往呼嘯而過的景象，經過的車燈在雨裡變得格外迷濛，偶爾大雨伴隨著風起，頑劣地衝進屋簷。好幾次我倉皇地護住海報，急於往公車亭中央靠攏，深怕海報有什麼不測。

黑夜、大雨，還沒有雨具，心中頓時無限悵然。假使車流中有一台車是來迎接我的那該有多好？我無助地陷入幻想。

有那麼一瞬間，我覺得我身旁的那個人在盯著我看。我偷偷用眼角餘光打量他，試圖找出他方才眞的在偷看我的證據。

我打量到他運動服上繡的字——姜哲漢，我心頭一顫。

不會那麼剛好吧？

我慢動作緩緩轉過頭，抬起臉迎向他，而他正也詫異地看我，「咦，眞的是妳。」

我爲他突如其來的一聲招呼震懾住，花了一會兒時間才回過神，「你、你怎麼還沒回家？」這時段還能碰見他，未免太幸運了！

如此說來，他從剛才就站在我身旁和我一起避雨囉？糟糕，不知道我的頭髮有沒有被雨打亂？早在跑過來避雨時就應該先整理一下才是。舉起手正想撫順頭髮，又驚覺到此時整理好像太遲了，乾脆收回手。

「一不小心就練得太晚。」他指著自己抱在手上的那顆籃球。

對了，他是籃球校隊的。這也難怪，男生打籃球通常都不看時間的，當他們全神貫注在籃球場上，根本無暇注意時間的流逝。我猜想，要不是雨愈下愈大，他大概還會留在校園打籃球，依舊忘了時間。

「你籃球一定打得很厲害吧！」下意識說出這番話，立刻讓自己陷入一陣羞赧。頭一次如此誇讚一個人，而且對象還是自己有好感的異性。雖然有些難爲情，但我知道這句話一定能讓姜哲漢開心，況且從他在籃球場上的風采和人氣研判，他的籃球的確是打得有一套，才會出現一群粉絲後援隊。如此受歡迎，前提當然是球打得好，人又長得帥，才能有此殊榮。

「是嗎？妳覺得很厲害嗎？」提到籃球，他眼睛發亮地說：「那妳覺得有多厲害？」他開朗地對我燦笑。

喔，他的笑容是給我最棒的獎勵，心動一百。

「就跟大拇指一樣厲害。」我看著豎起的大拇指對他傻傻地笑了，感受到讚美人是如此美好。

往後應該多多讚美人才是，雖然說我眞的很不會讚美人，又不懂得阿諛奉承拍馬屁這套。但一旦有了新嘗試，感覺倒還不賴。

「是嗎？」他笑得更開心了，「眞不錯的比喻。」

眞不錯的笑容，我暗忖。

「我沒有在狗腿的意思喔。」深怕他誤以爲我是個膚淺的人，我鄭重強調。

「我知道。」他目光柔和地盯著我瞧。

我帶著不確定的眼神看向他，「你知道？」

「因爲妳臉上的表情很認眞。」他停下來想了一下，便露出笑容，「不像假的。」

得到他的認同，當下我內心雀躍不已，「當然不是假的！」我對他強力保證，只差沒拍胸脯。看著他說話，簡直是在折磨心臟，心跳如擂鼓。「雨這麼大，等會兒會有人來接你嗎？」我試圖扯新話題好轉移自己注意力，讓心跳節奏緩和些。

「沒有，」他打趣地說：「也許我在等放晴。」英俊的臉龐閃過一絲淘氣。

沉寂了幾秒，我才聽懂他的冷笑話，咯咯笑出聲。

「妳終於笑了！」他好似鬆一口氣，「好險妳給我面子。」

「放晴要等到明天早上喔！」我跟著機靈答腔。

他詫異地揚起眉毛，好像很意外我會這麼回答他。「才說妳給我面子，馬上又故意損我。」

「咦，不好笑嗎？」我覺得自己還頗幽默的啊。

遲了幾秒，他才恍然大悟，丟給我一個好看的笑作爲回應。

後來，順應著這場大雨替我們製造的獨處機會，聊了一些關於他打籃球的事，原來姜哲漢的夢想是成爲一位籃球明星。籃球之神麥可喬登就是啓發他對籃球愛好的啓蒙者。當他談論起籃球夢，我看見的是他眼中閃著築夢的光輝，那是一種堅定且迷人的神采。後來也間接聊到一些關於我和手上海報的事（我當然沒透露我是被趕鴨子上架，而且原先還千百個不願意。）我只是跟他說我正參加一項大不可能獲獎的海報比賽。

「如果妳有這個能力……」他逕自轉動起手中的籃球，「何不臭屁地相信自己一定可以？」籃球跟著停擺，對上我的目光，他給我一抹充滿信心的笑容。

意會到他笑容裡涵蓋對我的鼓舞和期待，也許，我會重新看待海報比賽這檔事，至少不是抱持著敷衍交差的態度。

等雨轉小的期間，除了對姜哲漢的了解又加深一些，巧遇他的幸運更是讓我開心不已。我開始想像姜哲漢和我站在一起的畫面有多登對，是不是有路過的人會誤以爲我們是男女朋友？光是這麼妄加聯想，便讓我時不時想彎起嘴角笑。

也許，這場雨來得很是時候……

至於這場雨什麼時候停？

我眞的眞的不是那麼在乎了。

6

到目前爲止，我偷偷訂下和姜哲漢六次照面的計畫，已經完成了百分之九十。雖然過程不甚浪漫，甚至有些令人發噱，但我感謝老天還是讓我認識了他，儘管是我單方面想深入了解他這個人。命運允許的話，我還想闖進他的生活圈。

這算是一種野心嗎？或許可以如此解釋吧。不可否認，我不只想當他的朋友，而希望能進一步成為女朋友。「女朋友」字面上的解釋，便是有權限關心男朋友，不僅可以獨佔他的時間，更可以一腳涉入他的生活圈，無論是他的家庭、社交、生活、興趣甚或了解他內心想法。除了基本的彼此關照，共享喜怒哀樂之外，成為女朋友最美好的一面，就是享受男朋友的無限寵愛與呵護。

姜哲漢會是一個什麼樣的男朋友？詼諧幽默？溫柔體貼？可愛而窩心？還是良朋益友的優質情人？抑或以上皆有的最佳情人？

喔，我眞的眞的好想知道！

而我首先該設法讓自己有機會成為姜哲漢的女朋友（縱然我不大清楚現在自己算不算是他的朋友），雖然我們見過幾次面，也聊過幾次天，但總覺得如果我們是朋友，應該更要有點什麼。我沒有他的即時通帳號，更不可能有他的手機號碼，最慘的莫過於我們還不是能天天見面的那種同窗關係。

我主動去找他攀談嗎？這樣動機似乎太明顯而且令人難為情，更何況六次照面的計畫本來就設定在「假使」不期而遇，並未囊括我該主動出擊。撇開這暫且不談，要他主動來找我嗎？繼上次還巧克力事件，我就想不到他下次主動來找我會是什麼時候了。我並沒有埋下任何讓他再次找我的伏筆，這點實在很糟糕！

關注。

「女神林志玲和殺很大的瑤瑤，你選誰？」聽聞後頭傳來這樣一個話題，引起我的

站在鞋櫃脫鞋之際，我無意間聽到有人問這個異性都關注的話題，而受訪人竟是我的心儀對象。心裡暗忖，被甲同學勾肩詢問的姜哲漢，應該沒留意到下一班即將上電腦課的我。同時，我刻意放慢脫鞋動作，專注傾聽他的答覆。

「林志玲吧！」他不假思索回答。

他竟然沒有選現下最受阿宅一族喜愛的瑤瑤，無疑讓我大吃一驚。人家殺很大，他怎麼沒有被殺到呢？怪了。

「爲什麼啊？」

甲同學完全問出了我的心聲，爲此我更是傾耳細聽。

「我喜歡高一點的女孩子。」他透露。

喔，高標準？我在想「增想高」這產品貴不貴，救不救得了我？

「爲什麼啊？矮一點好方便攜帶啊！」即使沒看到甲同學的表情，從他的口氣也可研判出他有多驚訝，不難發現他是瑤瑤的愛戴者。

「各有所好，你不懂。」姜哲漢笑答。

那種感覺，就好像有人偷捏你心臟一把，亂痛的。即便已經從馨慧那裡知道對姜哲漢擇友條件的爆炸性評斷，但自己親耳聽聞，眞是一大打擊與挫敗。

我相當錯愕地拎著鞋子失神，直到姜哲漢和甲同學的聲音愈來愈小，消失在轉角。

「喂，妳發什麼呆啊妳？」馨慧不解地碰了一下我肩膀。

我眼睛無神，難掩沮喪地盯著她說：「他眞的喜歡高個子。」機械式地將鞋子扔進鞋櫃裡，一臉鬱鬱寡歡。姜哲漢的話馬上把我從天堂踹入地獄。

「我早跟妳說了吧！」馨慧幸災樂禍地說。

「我該怎麼辦？」得知殘酷的眞相，心都涼了半截。

身高可不比體重有彈性，體型可以控制要胖要瘦，但身高眞的沒辦法自由調整。從我身高一直停留在一五四．五公分以來（有時候還會離奇地少了○．二、○．三），我就深刻體認到，當人長到一定的高度，往後一生便是如此。

無法改變的事實！他媽的，我都要哭了。

「安啦！」馨慧對我眨了一下眼睛，「船到橋頭自然直。」她丟下這句堪稱安慰的話語，便一個用力甩頭進電腦教室，馬尾還不長眼地掃到我的臉。

搓揉著被刺疼的雙眼，眼眶熱辣地滾出淚水。

眼看單戀就要成苦戀……

午休打掃時間，值日生要負責將班上製造出的垃圾拿到垃圾場傾倒，好應付那些老往福利社買垃圾食物回來囤積的同學。我手裡正提著兩大袋黑色塑膠袋，步履蹣跚，頗爲艱辛地趕往垃圾場，礙於身高，我拿垃圾就是必須比別人來得費力，才不至於垃圾拖地。倒垃圾這種吃力的事，眞該由男生全權負責而不是由該死的學號決定。

原本該有另外一位值日生協助我，偏偏排在我學號後頭那個叫王以祥的可惡傢伙，在班上是出了名的不負責任，舉凡推卸責任、耍無賴這一類，他可是貫徹得很徹底。

誰跟他一組誰倒楣，而我就是那個倒楣鬼！

一開始，我爲此感到憤憤不平，曾生過悶氣，也曾找過他大吐怨氣。無奈他那個人的臉皮比銅牆鐵壁還厚，壓根拿他一點辦法也沒有。對於一個無可救藥的人，我後來選擇不和他一般見識。

每次輪到我當值日生都分外疲累，舉凡掃地、拖地、擦黑板、垃圾分類、倒垃圾，幾乎全由我一手包辦，好在馨慧看不過去經常會幫我分擔一些，我才不至於勢單力薄得可憐。不過大部分需要出苦力的事都由我負責，像擦黑板和垃圾分類這種小事就交給馨慧。有時候剛好碰上馨慧請假或生理痛，我一個人不得不當兩個人用，在這方面，我可是盡善職責，眞該向衛生股長索討白馬馬力夯。

疲勞嗎？白馬馬力夯，精神百倍啦！我心底發噱地回想瑤瑤說過的廣告台詞。可見我殺不大，不然那個該和我一起當值日生，愛好美色的王以祥不會捨得讓我如此疲於奔命。但我還是想替自己反駁一下，我眞的長得還不差！只是沒有E罩杯，講話也不夠嗲而已！

抵達垃圾場，火速地將垃圾擱置地板，好減輕手上要命的重量，心中盤算要有效率地將垃圾餵食給眼前巨大的垃圾箱享用。吸了一口氣，使勁抬起其一包垃圾，準備奮力扔向垃圾箱之際，我想起了王以祥那隻該死的不負責任的豬。

喔，去你媽的王以祥！「砰」地一聲，垃圾準確進洞，痛快。

好吧！我心裡不免還是會罵上他幾句洩憤，特別是我孤身和垃圾奮鬥的時候。一點都不懂得憐香惜玉的豬頭！以後誰當他女朋友誰倒楣！我惡毒地想，他女友和他交往的時間一定不會很長，因爲這豬頭一點都不體貼，不體貼的男生根本是負分。

抬起最後一包裝滿鐵鋁罐的垃圾袋，再丟一次我就能輕鬆了。站在回收車前，才剛要踮起腳尖丟擲，一個外來的力量接管走我手中的重量，以完美的拋物線，輕巧地丟擲到回收車上，一點也不費吹灰之力。

一切發生得太突然，我的視線還停留在車上那包垃圾。

「呃……謝謝。」回過神後，我匆忙道謝。

「不謝。」好心人士客氣地說，伴隨兩包垃圾咻咻地飛進回收車。

正準備離開回收車的同時，心裡升起一股想看清楚好心人士面貌的念頭，於是我轉頭一瞥，不料這一瞥令我又驚又喜，原來好心人士竟是姜哲漢。

「咦，你是今天的值日生喔？」這開頭爛透了我知道。

「對啊！」他笑了笑，接著狐疑地問：「怎麼只有妳一個人來倒垃圾？」

我尷尬地笑，「因爲能者多勞，不能者就逍遙呀。」誰叫我殺不大，沒有魅力讓豬八戒幫忙我。

當下，他的笑聲清脆地傳入我耳中。

天曉得那席玩笑話是爲了消除我心裡的緊張與不安。

憶起早上甲同學和他的談話內容，眞不想承認我的內心受到多大衝擊。

他喜歡高個子的女孩，而我連一五五公分都不到，在他眼底，我又屬於那一種標準？是他看不上的那種標準嗎？

低標準？喔，光是這個念頭就讓我心裡受傷了。眞不想讓他對我有任何一點不滿意，包括我的身高。

「眞好，如果我另一位値日生同伴也像妳一樣貼心就好了。」他略帶玩笑表示，「不過顯然她把我當男傭。」他露出一副無可奈何的表情。

明顯感受到他指的那個同學是女生，我在內心吃起那名女孩的飛醋。「有這種好用又帥的男傭眞好。」意識到自己脫口而出的話，難掩緊張，羞澀地連忙改口道：「呃……我不是眞的說你是個男傭，別誤會。」

他綻開笑容，「是啊，哪來這麼帥的男傭？」他反問我，又笑著。「下一次妳需要幫忙倒垃圾時，盡管吩咐我。」

他眞誠的笑容讓我一時迷惘了，有一瞬間，我以爲我可以問：如果我需要愛情時，你也會和我談戀愛嗎？

即便你喜歡的女孩是高䠷型，完全和我相反的類型……

你願意嗎？

他對我笑。

喔，去他的什麼高標準低標準！我喜歡他的心情已經到了銳不可當的地步了。即使有可能因爲堅持而受傷，我也不願壓抑喜歡姜哲漢的心情。倘若往後爲此受傷我也認了，誰叫我喜歡他！但願這樣的念頭並不會太傻太天眞。

在和他一同上樓各自回到教室前，我心想，六次照面已經達成了。

7

體育課，跑完兩圈操場熱身後，老師就讓同學自由活動，打籃球打屁發呆都好，只要不離開老師視線範圍內就可以了。馨慧和我習慣遠離籃框架，避開三姑六婆吵雜的地方，專挑安靜的地點，司令台就是我們的好去處，能暫時避開煩囂喧鬧，圖個耳根子清淨不被打擾。

自從姜哲漢拿巧克力給我的事件過後，班上的女生團體三不五時會把我當作八卦焦點緊盯。雖然她們沒有明顯的敵意，更沒有像小說中寫的那般暴力，發生什麼把我抓進廁所逼問甩巴掌之類校園暴力，但她們的眼神擺明寫著，「就憑妳……讓他送巧克力來?為什麼?沒天理啊!」好吧!以上是我暗自揣測,但她們的確不像之前那般對我和善,先前她們看到我至少還會點頭微笑,現在我該感謝老天爺,並沒有人因此藉故欺負我。

在她們眼裡,姜哲漢簡直是她們的偶像明星。我想我漸漸明白她們捍衛自己心愛偶像的威力,總不希望自己的偶像沾上一點花邊新聞,粉絲們的醋勁也是不容小覷的。就拿周董早期〈晴天〉那首歌的MV來說,當我在電視機裡看見小周吻上女主角那一幕,身為粉絲的我整顆心都碎了!不過我當時倒還理智,沒有惡意謾罵,也沒上網攻擊那名女主角,頂多播出這MV時立刻轉台,直接來個眼不見為淨。足見我是一個多麼理性的粉絲。

「接下來妳要怎麼打算?」馨慧坐在司令台的階梯上,慵懶地托著下巴,由高處睥睨我,「直接告白嗎?」眼神和口氣一樣咄咄逼人。

迎向馨慧銳利的目光,我吞了一口口水,「六次照面後,我好像……更確定自己喜歡他了。」

「是啊!所以我才問妳打算要怎麼做嘛。」她好像很不滿我沒有立即回應她的問題。

馨慧說話向來單刀直入,她這個不知是好是壞的性格,常讓我措手不及。

我沉思了半晌，「直接告白好像不大好……」我難爲情地順了順前額劉海，「而且我也沒有追求過男生的經驗……所以我……」

「所以妳怎樣？」馨慧不解地偏頭。

心有餘而力不足啊！

我唉聲嘆氣，「我正是處在不能後退，卻又沒有足夠馬力往前進的窘境。」

馨慧一手壓著被風吹起的髮絲，彎腰向前凝睇我，「夏靖蘋什麼時候變得這麼扭捏了？」她冷笑，「不是打算要出手了？」她模仿我上次裝可愛地把勝利手勢貼在臉上，提醒我上回吹噓自己六次照面後便會對姜哲漢展開追求計畫，是多不切實際的想像。

當下才發現，原來我上回的動作是如此惹人厭，並暗地發誓下回絕不會再擺出如此欠扁的表情。

我噘嘴，側身躲開馨慧的近距離注目，「幹麼笑我？我也不願意這樣扭捏啊！」我停下來想了一下，又說：「沒有對策就貿然出手實在是不智之舉！常言道，『知己知彼，百戰百勝』。追人，好歹也要先了解對方一些情報。」慧黠的光芒在我眼中閃著。

「好一個先想對策再出手。」馨慧大笑，接著一臉賣關子的神情，神祕兮兮的，「別說我這個朋友對妳不好，透露一個有關姜哲漢的情報給妳。」

「什麼情報?」不自覺跟著壓低嗓子,搞得我也跟著神祕起來。

「這星期五是他生日。」馨慧說著,模樣像極了一個優秀的情報員。

「生日?」我難掩吃驚地咀嚼這情報,「妳、妳怎麼知道?」下一秒,即刻盤算該爲即將成爲壽星的哲漢表示什麼。

「喏!」馨慧突然從口袋掏出一張對摺過的紙張,逕自扔到我大腿上。

打開那張底圖是哆啦A夢的六孔活頁紙張,我想起國中時幾乎人手一本,在畢業前夕必定到書局去買的畢業紀念冊,同學之間會交換著寫,當作紀念。紙上,姜哲漢的綽號、生日、星座、血型、身高體重等等……全都攤在我眼前。

附帶一提,他的字不醜,甚至比我的字跡還要工整漂亮。

「喔!馨慧……」喜獲情報的興奮,讓我眼睛倏地睜亮。「妳眞的太賢慧了。」給的情報實在振奮人心。

「喂,妳搞錯對象了吧!」馨慧面有難色地阻擋我熱情擁抱,「大家都女的,朝我撲過來幹麼?」她斥責,一臉害羞。

「我太高興了。」我不顧反對,兀自投懷送抱。太過興奮,差一點拿自己的臉去磨蹭她的面頰。

「少肉麻了妳！」她不自在地想掙脫出我的擁抱。放開她之前，我暗自猜想，如果我眞的磨蹭她的臉，大概會挨一頓揍吧？

我安分地坐回階梯上，把情報單小心翼翼收進口袋，不忘感激地看著她，「謝謝妳，賢慧。」

「狗腿！」她抛給我一個理所當然的驕傲神情，「妳是應該謝我。」自己卻又笑得合不攏嘴。看來，她喜歡人家稱讚她賢慧，只要抓住她這個致命點，就能取悅她。其實我這位外冷內熱的天蠍魔女好友馨慧，有時候也挺天眞挺可愛的。

「眞誇不得。」這一誇，她尾巴就翹了起來。

瞇起眼，馨慧給了我一抹淘氣的笑靨，「要善用我給妳的情報，知道嗎？」

「那當然！」我學她瞇著眼笑，臉上透露出前所未有的信心。

我買了姜哲漢可能會喜歡的巧克力蛋糕，裡頭添加了榛果醬那種。刻意選擇添加榛果醬的巧克力蛋糕，全是因爲姜哲漢無意間透露他喜歡健達繽紛樂巧克力的這條線索。參考產品成分，我暗自揣測他大概喜歡榛果醬這類東西，所以我毫不考慮將此納入買蛋糕的考量之一。

興沖沖地從蛋糕店買了蛋糕，路上卻開始擔憂起自己該用什麼方式將蛋糕送出去。

最好是示好動作不會太明顯（就怕被他認為我極力討好他，造成陰謀論），送禮過程又不會顯得生疏尷尬（擔心突如其來送禮的舉動，引起他莫名不適和懷疑）。

我不安地蹲在電冰箱前，瞪著裡頭的蛋糕發愣，心想自己是不是太衝動了，自顧自興奮地買下蛋糕後，三分鐘熱度的衝勁好像消退了，甚至開始懷疑自己能不能將蛋糕順利送到他手上，要自然輕鬆大方還不矯揉造作。

「夏靖蘋！不拿東西就快點把門關上！不要浪費電。」老媽猶如河東獅吼的聲音從廚房門口竄進我耳膜，霎時震斷我的思緒。我啪地一聲關上冰箱門，踩著鑲有一朵大紅花的人字拖咚咚咚地跑上樓，坐回書桌前。

拿出放在第二層抽屜的卡片，那是一張簡單樸素的橫向生日卡，上頭印了一隻棕熊拿著一束五彩繽紛的氣球。翻開卡片，我花了將近一個半小時，在內頁上頭加了一道彩虹、一件幸運號碼二十三的運動衣和一顆籃球，特意用紙雕方式呈現。最後扔掉幾張寫了字的紙條，採用第六張紙條上的話語。

TO：未來的籃球明星姜哲漢，Happy Birthday。

夏靖蘋

隔天一早，天還未亮我就醒了。瞄了一眼床頭鐘，五點零六分，距離預定起床時間還有五十四分鐘可以小寐。但很顯然我是眞的睡不著了，昨天一整晚興奮交雜著不安，連帶睡眠品質也備受影響，模模糊糊間，我也不知道自己到底有沒有眞正睡著。

離開舒適床舖，起身盥洗前，一個念頭竄進我腦袋，今天是個好日子，讓人値得精神抖擻的美好一天，儘管昨夜睡眠不足。

特地把頭髮吹梳得更柔順，拿出熨斗將夏季藍裙燙平，看裙子皺褶整順地貼平大腿，我滿意地站在全身鏡前審視自己，連水手服的領結今天都打得格外順手。套上上回在夜市新買的白色長襪，穿上擦得淨亮的皮鞋，今天的穿著打扮可是有史以來最用心。

整裝完畢，小心翼翼將生日卡片塞進書包內，進廚房替自己倒了一杯五百ＣＣ的牛奶，外加兩片抹了草莓果醬的吐司。拿出冰箱裡的生日蛋糕前，不知道哪來的彆扭使得我又對送禮的舉動遲疑了。這樣會不會太唐突？我們的朋友關係尚未確定，而且嚴格說來，我們的交情又不是好到可以大方送禮的程度。手停在半空中，我猶豫不決，不知道該不該把蛋糕帶走。

「夏靖蘋！跟妳講過幾百遍了！不拿東西就快點關上冰箱門，不要浪費電！到底要我講幾百次才甘願，最近電費調漲了妳不知道嗎？」好死不死又被老媽看見我浪費電這一幕，她正站在廚房內扯著喉嚨對我連珠炮地轟炸。趕緊抓了蛋糕塞進塑膠袋，迅速帶上冰箱門，把老媽的怒罵聲留在屋內。

早自習各班還是鬧哄哄的，我照慣例爬到位在五樓的教室，經過姜哲漢教室前，我聽到背後爆出一陣男孩和女孩的爽朗笑聲，伴隨著生日快樂歌在走廊迴盪。基於好奇，我索性回頭看，是姜哲漢和他的朋友。

「喂，說好不塗臉的！」姜哲漢正防備地用手擋臉，深怕還沒嚐到的生日蛋糕等會兒就會送到他臉上。

「誰理你啊！」甜美可人的甲女捧著蛋糕，臉上盡是頑皮的笑意，一抹紅暈點綴在她面頰上。

「沒直接砸你的臉就不錯了。」有一頭俏麗短髮的乙女幫腔道。

「喂，姜哲漢，我跟大猴賭你今天臉上會塗滿奶油，是男人就乖乖承擔吧！別害我輸掉一個便當。」甲男戲謔道，顯然一副看好戲的模樣。

「姜哲漢，我賭你會擺脫這兩個惡女，千萬別屈服啊！」乙男激動地表示，巴不得姜哲漢收服那兩位他稱之爲惡女的女孩。

我愣愣地看著眼前這一幕，原來有人早我一步爲他慶祝了。悄悄握緊裝有蛋糕的塑膠袋，立刻感到沮喪接踵而來。趕緊別過頭迅速走回教室，將他們的笑鬧聲留在背後。

也許從古至今，衝動暗戀一個人的行爲，就是傻事一樁。

8

第六節下課鐘響起，馨慧正好心地在替我處理掉蛋糕，將它一一瓜分給班上同學。我慵懶無神地趴在課桌上，看著馨慧切蛋糕的俐落動作。每切割一塊蛋糕，我的心就多了一分失落，那失落來自我內心的期待。

是不是在偷偷戀上一個人之後，都會犯上這毛病，開始期待一種關於愛的可能。不僅僅是期待對方能懂自己的心，更期待對方能拿眞誠的態度回應。儘管這感覺是多麼令人期待又怕受傷害。

終歸一句：殘念！今天的送蛋糕計畫失敗。

分到蛋糕的同學，正對著我的頭頂開心致謝。雖然遺憾姜哲漢無法分享到我這份心意，但至少每個品嚐到蛋糕的人，無一不因蛋糕的美味而流露出幸福表情。甩開這股悵然若失的感覺，趕緊揚起笑容作爲回應。事實證明我買蛋糕的眼光很不賴！大夥能吃得開心也好，我試圖安慰自己。

「喏，最後最大塊的給妳。」馨慧把蛋糕擱在我面前，「沒想到妳竟然會想到要送蛋糕給他。」塞了一口蛋糕，馨慧表情馬上變得甜美嬌憨。

甜食果然是女性的天敵。

「不行嗎？」單手托著腮幫子，她哪壺不提開哪壺？「生日送蛋糕不是很正常嗎？」即使最後的結局眞教人喪氣。我漫不經心地一手叉起一口蛋糕送進嘴裡，哇，這蛋糕的滋味眞是絕妙的好。

「妳該不會還準備了卡片吧？」她賊兮兮地盯著我打量。

瞪著馨慧，我將美味的蛋糕推到一旁。一句話就能令我胃口盡失，眞不愧是我心目中號稱魔女等級的，她眞有本事。

「是啦是啦！而且內頁我還親手ＤＩＹ呢！」人一旦守不住祕密，好像就會全盤托出這樣。

含著塑膠叉，馨慧大表贊同地點點頭，「果真是我所認識的夏靖蘋。」下一秒，她目光有神地鎖定在我身上，「卡片送了嗎？」臉上盡是藏不住的好奇。

「妳說呢？」嘆一口氣，我反問她。

「現在馬上去送。」她一骨碌站起身，嚇了我一跳。

「啊？」由於太過驚訝，我下意識發出單音節回應。

「此時不送，更待何時？」馨慧連忙抽起我書包裡的卡片，「走，現在馬上就到隔壁班去。」

錯愕地看著馨慧甩著馬尾踏出教室，一股莫名的不安夾雜著羞赧急速竄流全身。當下我立刻尾隨她出教室。要命，她這種猴急的行爲眞要命。馨慧就是那種說到做到的人。

當馨慧拿著卡片正站在姜哲漢的教室門外，我每分鐘的心跳肯定達到一百二十下了。趁馨慧還沒把姜哲漢喚出來，抓住空檔，急忙從她手中奪回卡片，想也沒想就跑給她追。

「夏靖蘋！」馨慧在我後頭氣急敗壞地叫嚷著。

不騙人，當我匆促地回頭一瞥，馨慧那張美眸瞪得像白雪公主後母般陰寒且令人戰慄，我怎麼也沒膽敢停下來和她對峙。幸虧馨慧起跑得慢，不然我肯定完蛋。

牢牢抓住手中的卡片，正慶幸自己保住卡片好不得意，拐入轉角之餘還不忘回頭擺鬼臉讓馨慧難堪。得意忘形的下場，就是一個沒留神，直接和前方對面來的人撞上，現世報馬上應驗。

「喔！」承受不住撞擊力道，身子一個不穩，直直往後傾去，眼前恍如慢動作般，完蛋兩字立即閃入我腦裡。突然，天降一雙神來之手，把我給救了回來。身子穩住那一刻，我似乎聽見神人呼了一口氣說：「好險。」從我體內跑走的魂魄也迅速歸位。

愣愣盯著神人的休閒鞋，我花了一會兒時間才回過神。「很抱歉……還有謝謝。」我萬般感激這位神來之手的神，呃不是，是人，是位好心的救命恩人。

奇怪，眼前這雙鞋我好像在哪裡見過？

「我們還真有緣。」神人說。

神人的回答讓我糊塗了，不解地抬起眼定睛一看，「哇，是你！」震驚加三級，原來我撞到的人是姜哲漢。

喔，不得了了！每分鐘心跳又到達一百二十下了。

他好整以暇地站在我前方，「是有人在追殺妳嗎？」他臉上略帶笑意，煞有其事地巡視我後方。

想到馨慧發火追著我的模樣，我驚魂未定。「差不多。」剛剛那挑釁的鬼臉肯定激怒她了。我疑神疑鬼地探看後方，不見魔女的蹤影，這才稍稍鬆了口氣。

一個回眸，姜哲漢已經不在我面前，而是到一旁彎下腰撿拾東西。「妳掉的？」當姜哲漢手上拿著我寫給他的卡片朝我走近，我的臉上不但出現三條黑線，兩頰更是出現不尋常的三條斜紅線，困窘和羞赧霎時淹沒了我。要是被他發現那張卡片是要給他的……要命，這和我當初設想送卡片的畫面不一樣。這下糗了！

「那個……」急欲奪取卡片，我伸出手緩緩朝他逼近。

「上面寫了我的名字。」我的手頓時僵在半空中，背脊一陣發涼發麻，「是要給我的嗎？」背脊的涼意立刻竄延到頭皮，一陣發麻，我臉上即刻不只是三條黑線，而是布滿一整排黑線，同時兩頰已經達到兩團火球的程度了。

「嗯……」我好像聽到水壺燒開的嗶嗶聲響了。

「那我就不客氣收下了。」驚訝之餘，內心一股雀躍，原以為會聽到他一大堆對卡片的困惑，諸如卡片為什麼不直接拿給他、怎麼會想到要送他卡片等等……好在他的反應沒讓我更加困窘，反而露出孩子般的愉悅神情，「沒想到妳會送卡片給我，好意外。」盯著卡片，他笑得好開心。

好動心，光是看到他的笑臉，就突然有一種什麼都值得了的錯覺。

「那個……只是一張卡片。」我憨笑，下一回鐵定要讓他嚐嚐我特地爲他挑選的生日蛋糕，充滿幸福滋味的巧克力蛋糕。

「今天放學後，班上幾位好同學要在KTV幫我慶生，要一起來嗎？」他一手插入長褲口袋，帶著微笑看我。

「我、我嗎？」他這是在邀請我嗎？眞是難以置信。

「有空嗎？」他的笑容更加燦爛奪目了。

一時之間，心臟的加速器又啪地開啓了，奔騰個不停。

我用力地點頭回應他。

我想我有空，沒空也要有空。

因爲好的開始，是成功的一半。

9

放學後，一行人前往KTV包廂歡唱。其中包括上午為姜哲漢提早慶生的兩男兩女同學。雖然我與他們並不熟識，但感覺上他們都是好相處的人，不但不介意我這忽然加入的局外人，反倒釋出善意，熱情招呼我一同參與他們的聚會。

原先我想拉馨慧陪同壯膽，可惜馨慧說她沒興趣跟陌生人同歡，結果我還是自己單獨赴會了。

前往KTV路上，姜哲漢總是守在我身旁，偶爾會與我聊上幾句。和他並肩走著談天真的很開心，即使不開口說話，他也會用微笑代替語言，讓我即使處在不熟悉的人群中，依然能放一百二十個心。

關於這一點，他真的很體貼。

「小蘋果，等會兒點任意門給妳唱。」甲男突然走到我身旁提議著。小蘋果是他們為初次見面的我取的新外號，乍聽雖然有些不習慣，但至少是他們友好的表示。

「任意門嗎？」我腦中忽然浮出了可愛教主楊丞琳的水母頭，和那首節奏輕快的歌。誰把任意門借給我,誰把任意門借給我……多天眞可愛的歌詞。

「喂,幹麼一定要任意門啊?」跟著湊熱鬧的乙男跳出來發聲。

「因爲好悶,結冰的蘋果,用力啃不動。」甲男手舞足蹈地認眞答腔。

「無聊!」甲女和乙女異口同聲駁斥,我則是因爲她們太有默契而笑出聲。

我悶悶地想:多欠扁的回答,難怪大夥不買帳。

「喔,好冷。」姜哲漢逗趣地搓揉著雙臂,一副敗給甲男的神情。「你還是少出餿主意了,冷場王。」

「是,大壽星說得是。」甲男諂媚地說。

好個狗腿。

「我看小蘋果妳乾脆唱〈狼來了〉給他聽好了。」乙女怏怏地將甲男推開,走在我身旁別具深意地說。

「什麼?什麼狼來了?」甲男佯裝無邪的孩子。

「就是在說你這隻大色狼!」甲女跟著幫腔道。

「第一次見面就這樣?禽獸喔!」乙男跟進。

看著他們一人一句爲了我起爭執,我難掩尷尬地陪笑,不知道自己到底該不該插話。和他們初見面就莫名其妙成了話題主角，不知道是該慶幸還是該無奈，索性當個旁觀者就好。

一旁靜默著的姜哲漢突然停下腳步，從口袋抽出雙手抱胸，正經八百地看向甲男，「喂，請你不要隨便把我朋友好嗎？我朋友要是被你嚇跑怎麼辦？你負責嗎？」神情隱約有指責之意。

聽聞姜哲漢這番捍衛我的說詞，當下，內心油然感到一陣狂喜。

他大方承認我是他朋友。

老天，我好開心！原來我已經算是他朋友了。

「喂喂喂，怎麼連壽星也這樣汙衊我？」甲男不高興地嘟囔著，「不過是歌詞裡面有蘋果這兩字……」一臉委屈狀。

「誰叫你一直騷擾小蘋果。」甲女義憤塡膺地說。我則是保持緘默地面帶笑意，好像有點激動過度了她。可憐的甲男頓時變成大夥攻擊的箭靶。講錯一句話便得付出如此大的代價，眞夠悲慘！不過我發自內心由衷地感謝他，因爲他講錯話，我才有機會聽見姜哲漢的一番眞心話。

「我哪裡騷擾了？妳黑白講！」甲男反駁。

「言語騷擾就算騷擾，大色狼！」甲女馬上回攻，儼然像個大律師，毫不留情面。

「哪有這樣的？」甲男哀戚地喊冤。

「就是這樣，不得申冤。」乙女跟著發動攻擊。可憐的甲男委屈到雙眼都快擠出男兒淚來，大夥見狀都笑開了。

一陣嘻笑玩鬧後，抵達ＫＴＶ，選定中包廂，擺上ＫＴＶ當日免費贈送壽星的生日蛋糕，插上蠟燭，點燃，等待壽星許下三個願望。燭光前，姜哲漢笑容好燦爛，在大夥起鬨下，他雙手交握，虔誠且專注地對著燭光許願。

「第一個願望，我希望我的籃球夢能夠實現，成爲職籃選手。第二個願望，我希望能夠打好籃球保送升學，受到更好的籃球訓練。」接著他抿起嘴、闔上眼，用力許下第三個不能說的願望。張開眼的瞬間，他一口氣吹熄蠟燭，大夥立即給予熱情掌聲。

剛許完願的姜哲漢臉上有著剛毅線條，那是一種近乎肅穆的認眞神態。他的眞誠令我感動，人因夢想而偉大，我相信他有朝一日能站上夢想的舞台。因爲從他眼裡，我看到的是一個對籃球懷抱高度熱忱，充滿抱負，會爲理想奮發向上，無堅不摧的精神。因此我打從心底相信他一定行。

「祝姜哲漢籃球夢成眞，十八歲生日快樂！」甲男發號施令，大夥舉起可樂致意。

跟著舉起可樂的姜哲漢臉上有著幾分靦腆，「謝謝，我一定不會讓大家失望的！」語畢，大夥碰撞瓶身乾杯。

歡唱近半小時，服務生送來了半打啤酒，我不明所以地盯著那半打啤酒，甲男率先開罐遞給姜哲漢，「乾一杯，爲十八歲『轉大人』做準備。」

搞不清楚這是哪門子的爲「轉大人」做準備。姜哲漢接過啤酒，二話不說立即飲下肚。我看呆了，他怎麼這麼聽話？還有……他會喝酒？難道滿十八歲前的姜哲漢早有飲酒的習慣？

「豪爽，眞男人。」甲男助紂爲虐地拍了一下姜哲漢的肩膀，大表讚賞。眞想拍掉甲男那隻可憎的手，教壞我心目中既單純又善良的姜哲漢，眞是罪孽！雞婆的甲男又開了五罐啤酒，其中一罐就落在我眼前。「新朋友，是不是該喝一下？」

「我不會喝。」我憤憤地瞅著他，荼毒姜哲漢不夠，居然還把歪腦筋動到我身上，想連我也一塊兒荼毒？

「不用會喝，只要敢喝就好，姜哲漢今天也是第一次嘗試喔。」甲男發動笑臉攻勢，試圖將啤酒順手推到我手中。我高漲的火氣也敗給這無賴。原本想討救兵，包廂裡卻只剩乙男和乙女兩人正深情對唱〈屋頂〉，根本無暇管我。

「眞的不行啦！」他眞的好盧，我抵死不從，忽然覺得自己像個拒酒的陪坐小姐。

「你神經喔！沒聽到我朋友說不要了嗎？」從包廂外拿回餐點的姜哲漢及時爲我解危。「這個我喝，小靖妳吃這個……炸薯條還有炸雞塊。」他叫我小靖？愣愣地看著姜哲漢，不同於他朋友們把我當水果叫，他稱呼我名字的方式有種溫暖親切的感覺，我好喜歡他這樣稱呼我，好獨特。

在姜哲漢的庇護下，我不再受到甲男騷擾。之後一切回歸歡唱的正常狀態，大夥唱歌的唱歌，伴舞的伴舞，吃喝食物等待高歌一曲的都有。時間在包廂內一分一秒流逝，大部分的時間我都盯著電視螢幕神遊，看字幕跑出一字一句動人的情歌，偶爾會沉浸在歌曲甜美的氣氛裡，暗自想像姜哲漢是我男朋友，然後像個傻瓜一樣一個勁地傻笑。

等我意識到姜哲漢已經不勝酒力倒坐在沙發上昏睡，內心頓時有股罪惡感。要不是替我擋下那罐酒，他應該不會醉倒才是。靠著椅背仰頭大睡的姜哲漢臉上布滿紅暈，睡夢中，他臉上線條頓時軟化不少，像個完全放鬆安心沉睡的孩子。

看著他安詳的睡臉，我今天又認識了好多個他：不管是親切的他、體貼的他、逗趣的他、眞心的他、追逐夢想的他、豪邁的他，抑或像個英雄般解救我的他，全部都是我所喜歡的那個他，很高興能發現多種樣貌的姜哲漢。

貪看他睡著時的側臉龐，突然他一個轉頭，面向我熟睡，整張臉映入我眼簾，讓我心跳漏了半拍。正想佯裝沒事，繼續盯著螢幕看MV，卻赫然發現他嘴邊沾著甜辣醬的醬汁。看他這副模樣還睡得如此沉，我不禁笑了。

下意識拿起衛生紙輕輕替他擦拭掉，在衛生紙碰觸他臉的一霎那，他一個大動作把頭翻轉回去，嚇得我衛生紙一個拿不穩，直接掉在他的腳邊。確認他沒有被我吵醒，我小心翼翼彎下身，手輕巧地繞過他右腳，對準衛生紙方位進攻。好不容易抓到衛生紙，正要起身退開，包廂門突然被用力推開，外頭的光線立刻流竄進來。出於本能，我立即抬起頭，下一秒卻被突來的畫面震撼住：姜哲漢的睡臉近到我能感覺他的鼻息噴在我的臉上，頭在朝我的方向晃動。反應不過來的我，看著姜哲漢像傾倒的鐵塔般立即朝我倒來。我手還來不及伸出抵擋，一個碰撞，他的嘴唇忽然撞向我嘴角，嚇得我脈搏狂跳，失魂了好幾秒還不自覺。待我回過神來，他已經倒向一旁沙發昏睡。

他好像沒發現自己撞到我？剛剛那一個碰撞，並沒有痛醒他？

還有剛剛……剛剛他……他他他親到我嘴角？

趕緊看向包廂內另外四個人的反應，兩女依舊專注地投入在歌唱中，不知道爲什麼，繃緊的神經突然鬆懈下來。兩男則老神在在地在和一名男孩開心交談，那個男孩好像就是剛才推門進來的那位。

總之，好險沒人發現，我這才安心地坐回沙發椅上，乾掉剩半瓶的可樂。

我似乎還能感覺到姜哲漢嘴唇碰上我唇角的溫度。差一點就嘴對嘴了！想到這裡，心臟的加速器又不受控制地開啓了。

藉著尿遁衝出包廂平復心情。也許，我內心的小惡魔希望會是嘴對嘴。

10

結束歡唱後，大夥在KTV門口各自道別，約好下回有機會再出來聚餐。

揮別朋友，姜哲漢突然轉身面向我提議，「我送妳回家吧！」酒意稍退，剛睡醒的他臉上還有些微紅暈，笑起來的模樣，看起來傻乎乎的好可愛。

「送、送我回家嗎？」我笨拙地回答，緊張到有點結巴。

在包廂他撞到我嘴角後，我時不時就盯著他嘴唇看。方才那畫面，在我腦海揮之不去。喔，要瘋了。

「很晚了，妳自己一個人回家不太好。」伸了個懶腰，他正經八百地說。

「不用麻煩了，你看起來好像很累的樣子……」沒忘記他因爲替我擋酒而醉得不醒人事，明明是壽星卻昏睡到無法和大夥同樂。唉，都是我的錯！「可以的，我可以自己回家。」哪裡還好意思讓他送我回家。

「妳是在擔心我半路會突然睡著嗎？」他笑得開懷，下一秒收起笑臉，神情變得認眞，「如果我眞的在半路睡著，記得把我拖離大馬路，然後妳就可以自行回家了。」

愣了一會兒，他眞的打算要我這麼做？然後，我想到重點，「那樣就不算是你送我回家了……」顯然，我更是在意這件事。我的話逗得他哈哈大笑。他的反應，就好像我講了什麼天大的笑話。難爲情地快快瞄了他一眼，「我確定你應該是不會在半路睡著啦……」還有精神跟我開玩笑，可見他酒醒得差不多了。

「走吧，我送妳回家。」雙手插入口袋中，他用眼神示意，臉上有著不容我拒絕的堅持。

「嗯。」我害羞地點頭，索性接受這得來不易的機會。

斑馬線才過了一半，後頭便傳來大喊姜哲漢名字的人。

我們同時回過頭，他正朝我們揮手。那個人好像就是半路闖進包廂後來又離席的男孩。結果我們又走回ＫＴＶ大門外。當我愈靠近那名男孩，愈覺得有一種熟悉的感覺，好像曾經在哪裡見過。

「喂，生日快樂啊！」男孩手握拳輕輕擊在姜哲漢上臂，臉上笑得好愉快。

「謝啦！怎麼這麼慢才來找我？」

「拜託，我到包廂的時候，你已經睡死了好嗎？」

「是嗎？」搔著後腦杓，姜哲漢傻傻地笑了起來。

百看不膩，他的反應怎麼那麼自然可愛？

「你女朋友嗎？」說這話時，姜哲漢的朋友眼神盯著我打量。

「忘了介紹，這我朋友，小靖。」姜哲漢把我介紹給他朋友之後，他轉而對我介紹，「他是我國中同學，阿勳。」

我禮貌性對男孩微笑。

那名叫阿勳的男孩突然一瞬也不瞬地盯著我看，「妳是夏靖蘋？」彷彿想把我這個人給看穿。過了半晌，他臉上笑意逐漸擴張，「我知道了，妳是六年愛班的小矮人。」

小……小矮人？此刻我臉上表情應該不是很友善。我是矮，但也沒必要這麼人身攻擊吧？我明明就比七矮人高。

不對，他怎麼知道我小學讀哪一班？無意間瞥見他運動服上繡的名字——蔡志勳。一切疑點豁然開朗，這傢伙國小六年級和我同班，不僅如此，我還想起來，當時他給我取的不良綽號就叫小矮人，而我替他取的綽號則是大頭菜。

「我才不是小矮人，你才是大頭菜。」我不悅地抗議。

眞沒料到，他竟是我和姜哲漢共同的朋友，緣分把我們三個人兜在一塊兒。

「我頭圍已經沒那麼大了好嗎？小矮人。」

頭圍是不大了，但個性還是跟小學時沒兩樣。仔細一瞧，他的樣貌沒多大改變：劍眉、薄唇、單眼皮，感覺就像個喜愛惡作劇的小男孩。可是這副長相卻在當年爲他勇奪班上最受小女生愛慕的對象第一名。說老實話他是長得不差，但跟姜哲漢比還是差了半截。附帶一提，他老愛找我鬥嘴，而且還是非要鬥贏才罷休的那種。在當時，我又給他偷偷安了一個別名，名副其實的幼稚鬼。

「那你還是姓蔡啊！」我據理力爭。

眞討厭，老愛拿身高開我玩笑，我就攻擊他的姓。

「喂，此蔡非比菜喔。」

「管你，我取諧音。」

這下沒轍了吧！

他突然敗陣下來，感嘆，「姓氏又不能改。」

看吧！睜眼說瞎話還是有用的。

「哇，裁判宣布小靖獲勝。」姜哲漢突然抓起我的手高舉，一臉笑嘻嘻。

糟糕，我要臉紅了。他居然碰了我的手！

「哪有這樣的，裁判不公！」大頭菜不滿地直嚷著，眼紅地想壓下我的勝利之姿。

「有什麼關係，大家都是朋友啊！」姜哲漢突然攬住我和大頭菜的肩膀，把我們勾到他身側，一臉快樂而孩子氣的笑。

喔，我又要臉紅了。這次居然搭肩膀！

「大壽星打算幾點回家？」大頭菜突然問。

「不知道，不過我得先送小靖回家。」

「那好，一起走吧。」眼神越過姜哲漢，大頭菜盯著我打趣地說：「小矮人，兩位王子要送妳回家囉！」

我的回應則是用恨恨的眼神瞪他。正困惑大頭菜幹麼擅自作主要跟著姜哲漢送我回家，一邊哲漢已悄悄把搭在我肩上的手收了回去。肩上沒了他手掌的溫度，竟感到有些不捨和失望。

「走吧！」姜哲漢朝我微笑示意，活力才又再度回到我身上。趕緊跟上姜哲漢的腳步，心中禁不住竊喜，嘴角也跟著不住地上揚。

一天之內這麼多驚喜，不曉得會不會把好運的額度都用光？不過，誰在乎呢？目前我很滿意，除了大頭菜那個大電燈泡。眞是的！他幹麼跑來攪和呀？

11

站在連身鏡前，喜孜孜地從衣櫃拿出一套套夏季服裝，打算打扮得漂亮一點去籃球場當哲漢的球迷。回想昨晚回家路上，姜哲漢突然邀我去籃球場看他打球，我差一點就要把持不住上前握住他雙手大聲說我願意，像自己答應要嫁給他一樣慎重篤定。

至於我沒有那麼做的原因，是怕自己儼然像個神經病，何況當時還有大頭菜那個大電燈泡。要是一個反應太激動，嚇壞大頭菜就算了，萬一眞嚇到我的哲漢……喔，那可得不償失。爲此，只好作罷，停止偏激的愚蠢念頭。

花了好長的時間搭配服裝，最後挑了一件粉色公主袖上衣和白色蛋糕裙，原本想把自己打扮得漂亮些，才發現自己的衣櫃裡全是偏向甜美可愛的風格。腦中突然閃過志玲姊姊的樣子，她是那麼性感、知性又美麗。而我……爲什麼哲漢不是欣賞瑤瑤那類型甜美可愛的女孩？那樣的話我不就好辦多了？至少身高也比較接近嘛！

整裝完畢，再度站在全身鏡前審視自己，經過用心打扮後的夏靖蘋的確很青春無敵，除了……身高不足。我下意識地踮起腳尖，靈光一閃，既然靠自己長不高，乾脆靠高跟鞋來增高。對，靠高跟鞋增高不就得了？踩高蹺絕對比馨慧說的重新投胎來得實際有建設性。一掃陰霾的心情，我開始對著鏡中的自己傻傻地笑了起來。眞聰明，夏靖蘋。等會兒就先去馨慧家一趟。

「這雙紅色豹紋高跟鞋，包準讓妳從一五四瞬間拉高到一六〇。不要看它有點花俏，其實這種豹紋鞋就是這樣才好看，而且豹紋的東西就是不退流行，不僅年輕女孩喜愛，連我媽我妹都愛。」馨慧從鞋櫃拿出高跟鞋時，滔滔不絕地說著，彷彿自己是銷售員，而我是要買鞋的顧客。

「一定要豹紋的嗎？」其實我比較喜歡樸素一點的。

「要妳像豹一樣去追求他啊！」她看著我笑，不知道她這是哪門子的譬喻。「看在妳如此積極的分上，這雙鞋就免費送妳了。反正我當初多買了一雙。」她豪爽地說，最後還不忘捏我的臉一把。

而我很高興地告訴大家，馨慧逛街的最大興趣就是看高跟鞋。遇到喜歡的鞋款絕不手軟。鞋櫃裡頭令我眼花撩亂的鞋款樣式就是她的戰利品。據她說上了高中才開始喜歡添購高跟鞋，在我看來是幾近高跟鞋癖了。但令我稱奇的是賈媽媽從沒爲此大發雷霆。因爲聰明的馨慧總會把過季商品和穿沒幾次的高跟鞋上網拍賣，不但滿足自己穿鞋的欲望，更能賺回一些零用金。

話說回來，眞想不到，我開始穿高跟鞋，竟是爲了要追一個男生。

臨走前，馨慧不但給予我穿著上的評論和建議，還傳授一些追求異性的小撇步給我當參考。至於她打哪來的小撇步？她本人則是笑而不答，直嚷嚷著要我加把勁。

追求計畫之一，抓住心儀對象目光。

顯然馨慧的看法和我雷同，要給人好印象，第一步就是先打扮好自己。

當我踏進籃球場，不只場上好幾雙眼睛盯著我看，就連姜哲漢和大頭菜都停止手下的動作，目不轉睛地盯著我看，猶如我是從另一個星球來的。我強裝鎮定，抬頭挺胸，朝他們的方向走去，內心卻不斷在天人交戰，想著自己是不是太招搖了？

「嗨，兩位早啊！」不自然地擺動手，率先打破沉默打招呼，臉上笑容一度很僵。

「妳來啦！」穿著休閒服的哲漢神清氣爽地朝我打招呼。

不知道爲什麼，光是看他一眼，就很想把目光停留在他身上不要再移開。是迷戀嗎？不可否認，穿制服或穿便服的哲漢都好看得令人著迷。

「唷，小矮人長高囉？」一開口就單刀直入的大頭菜，紮實地給我正面一擊。

這傢伙，就是非要在哲漢面前損我？

「我沒有很矮。」強忍怒氣，我加強語氣鄭重聲明。

「幹麼？今天不當小矮人喔？」

大頭菜繼續正面痛擊我，簡直刀刀見血。

老虎不發威，把我當病貓啊？

「你不要一直……」

「跟小矮人比，小靖是白雪公主唷……」埋怨的話才剛到嘴邊，突然插話的姜哲漢筆直地望向我，笑容中帶著無邪與眞誠。

「白、白雪公主？」聽到這番話，大頭菜忍不住噗嗤一笑。我則是呆若木雞地望著哲漢，一方面心跳得好快，一方面害羞到不知該做何反應。

「小靖，坐在那裡看吧！」哲漢朝籃球場旁的長凳上打個手勢。待我坐定在長凳上，他才再度回到場中與大頭菜繼續未完的廝殺。

我挺直腰桿，雙手規矩地擺放在膝蓋上。沒想到有這麼一天，我能以這樣的方式接觸到姜哲漢的生活圈。我暗自竊喜，好幾次嘴角都禁不住狂喜而上揚。能這樣放肆地盯著在場上打球的姜哲漢看，有種莫名的滿足感在胸腔內簇擁著我。

籃球場上迴盪著男孩們賣力打球的聲音，球鞋在地板上摩擦出尖銳的聲響，偶爾一陣微風拂拭而來，挑起了姜哲漢的幾縷髮絲，微微飄揚在空中。背對著陽光打球的姜哲漢像個發光體一樣吸住我的目光，連他的影子都叫人著迷。

一開始率先由大頭菜進攻，姜哲漢聚精會神地防守，之後他倆展開一連串的防守、進攻，互不相讓，僵持了好幾秒，姜哲漢突然一個旋身抄截、運球、上籃得分。

長凳這端，我情不自禁地鼓掌叫好，在我眼裡，會打籃球的姜哲漢眞是帥呆了。

等到中場暫停，已是午飯時間，暫時收起迷戀姜哲漢的目光，臉上掛著微笑，默不作聲地看著他倆走到長凳這。

「喂，中午要吃什麼？」大頭菜拿著毛巾擦去臉上的汗問。

一邊旋開礦泉水瓶蓋的姜哲漢則好心地問：「小靖，妳中午想吃什麼？」

「那個……我想吃壽司。」以前常幻想和喜歡的人一同郊遊踏青，然後帶上自己親手做的壽司，快樂地和另一半共享野餐之樂，而今天就是大飽幻想的好機會。

「壽司？」姜哲漢停頓下來，思索了一會兒，然後說：「好啊！我們去便利商店買。」

「那個……不用去便利商店買啦。」語落，姜哲漢一臉茫然地望向我。我這才趕緊從包包裡拿出兩個大餐盒解釋，「其實，我今天有準備壽司給你們吃。」打開盒蓋，全是我的得意之作，包了鮪魚玉米、肉鬆、小黃瓜、黃蘿蔔、紅蘿蔔絲。雖然都是從家裡冰箱現成材料湊合著用的，但好歹我也是有放感情在認眞做壽司。

「妳自己做的？」哲漢大表驚訝，隨後神情又轉爲孩子般高興。

「能吃嗎？」大頭菜詫異地揚起眉，一副懷疑我的眼神。

「當然！」我咬牙切齒。大頭菜的分，完全是託姜哲漢的福，不然哪輪得到他有如此的福氣？吃壽司？我看他吃驚還差不多！「沒下毒，安心地吃吧。」揚起笑容作爲擔保，這抹笑是特意笑給姜哲漢安心用的。

我偷偷將目光調往姜哲漢身上，不曉得我這麼貼心的舉動，能不能加深他對我的好印象？

沒錯，這就是追求計畫之二，獻殷勤。

聽完我的保證，他們倆才拿起免洗筷大快朵頤。期間還像個小孩一樣搶奪起食物，我被他們逗笑了，就因爲看中某一塊壽司餡料比較飽滿，引發了食物爭奪大戰。

那樣的姜哲漢眞孩子氣，也眞可愛。

12

用完午餐後，我和姜哲漢坐在長凳上看著場上的人打球。認眞投入賽事的姜哲漢緊閉雙唇，神情專注地觀看球賽。他的專注令我不敢貿然打擾，只好乖乖地端坐在一旁，難掩緊張與羞赧，和他靠得這麼近，我很難不害臊。

刻意將目光看向和相同他的方向，並不是眞的想觀賞除了姜哲漢以外的賽事，而是爲了方便貪看他的側臉。唯有趁他不注意的時候，我才能大膽地注視他、大膽地在內心吶喊著自己有多喜歡他。

痴痴地注視著姜哲漢，如果他也能喜歡我就好了……不奢求他能改變標準立刻喜歡我，而就算是他一點一滴慢慢地才對我產生好感，我也願意等待這樣的機會，等待他喜歡上我。

一個轉頭，姜哲漢的目光對上我的。我一時受驚得立刻縮回頭，佯裝看著地板，臉頰火辣發燙。他應該沒發現我都在偷看他吧？也應該沒發現我剛剛的眼神充滿愛意吧？喔，我在人家面前發什麼花痴啊我！

「妳會很無聊嗎？」全然不知道我在爲自己發花痴一事懊惱，他突然這麼開口。

「不、不會啊！」佯裝鎭定看向姜哲漢，「怎麼會這麼問？」

「那就好。」他笑了，略帶思索，「大部分的女生對球類都沒什麼興趣。」

正中下懷，我突然感到一陣心虛。我承認自己對球類是沒多大興趣，甚至連規則也看得一頭霧水。雖然最近開始在看職籃轉播，嘗試了解籃球這項運動，但是效果不彰，中途還是會不受誘惑切換頻道轉看韓劇。這點，我得承認我要多加改進。

追求計畫之三，投其所好。畢竟有共同興趣，製造話題也比較容易。

「那個……你會灌籃嗎？」心虛的時候，轉移話題是最佳伎倆。

「妳想看嗎？」他嘴角揚起帥氣的角度。

「我想看。」我面露欣喜，迫不及待看他的英姿。

拿起籃球，他自信滿滿地走到場上，從中線運球出發，快到籃下時毫不猶豫地縱身一躍，將籃球用力灌進籃框裡，彈跳力爲之驚人。雙手還抓著籃框的姜哲漢身體隨著籃框擺動，一個旋身輕鬆而下，完美地展現灌籃技巧。

我大爲興奮地站起身鼓掌，沒想到眞人版灌籃演出是如此震撼驚人。

「我厲害嗎？」拿著球回來的哲漢臉上帶著興味十足的表情。

「超厲害。」忍不住豎起兩根大拇指，他眞是我的偶像。「把球用力灌進籃框裡的感覺一定很棒吧？」如果下輩子當男生，我也要玩籃球學灌籃，這樣多帥氣！不知道會迷死多少少女。

「妳也可以試試看。」

「我？」傻眼，他叫一五五公分的人灌籃？

意識到我一臉錯愕，他連忙改口，「我是說如果妳也想嘗試一下灌籃的滋味，或許我可以幫妳。」聽到他這麼解釋，我霎時鬆了一口氣，不是跟我開玩笑就好。

「那你要怎麼幫我？」忍不住好奇，難不成他有什麼好法子？

「等下一次妳不是穿裙子，是穿褲子的時候，我再幫妳。」穿褲子這意思我明白，但最重要的是他到底要怎樣幫我？喔，我好期待。

「我眞的可以嗎？」一臉渴望地看向他，「我眞的可以灌籃嗎？」簡直教人難以置信，不用等下輩子投胎當男生，這輩子的我就有可能學會灌籃！

「眞的可以唷！」他笑著。

「那我們約定好囉！」眞開心，不僅能和姜哲漢有下一次約會的機會，同時又能完成灌籃的壯舉。我嘴角忍不住漾起更加燦爛的笑容。

「喂，你們不覺得好像快下雨了嗎？」剛從便利商店買完飲料回來的大頭菜提起天氣的變化。

抬頭看向天空，早上還豔陽高照，午後卻換了個面貌。幾朵烏雲聚攏而來，陰沉得令人不禁懷疑不久後眞的會降下雨來。

才在心裡嘀咕天氣變壞了，沒一會兒，天空忽然轟隆作響，雨水開始滴滴答答降落地面，形成場地上無數的小黑點。

「下雨了。」姜哲漢才剛講完這句話，大雨便淅瀝淅瀝直直打在毫無防備的我們身上。場上打球的人無不鳥獸散，趕緊找地方避雨。

「不妙，我先閃了，拜。」大頭菜一手護住頭頂，連忙揮手道別。

「我們也快走吧！」姜哲漢趕緊帶上球，想也沒多想地要我跟他一起快跑。

「要去哪裡？」賣力尾隨他的腳步，雨水讓視線愈來愈模糊，加上沒穿過高跟鞋跑步，我有些吃不消。

「去我家。」他回頭說。

「我直接回家好了。」腳上穿著那雙高跟鞋，我根本就跑不快。再這樣下去，成為落湯雞是免不了的事。我成為落湯雞就算了，如果還變成拖油瓶，我會很愧疚。

聞言，他停下腳步，轉身看我，「妳家離這邊很遠，先去我家避雨。」

「我沒有辦法跑很快。」拉高分貝，我對著雨中的他大聲疾呼。

「把鞋子脫掉。」我困惑地看著他，「脫掉跑比較快。」明白他用意，我立刻把高跟鞋脫下拎在手上。下一刻，他毫無預警地抓住我的手腕。我還來不及反應，他就拉著我跟他一起跑。

不到幾分鐘的時間，姜哲漢已經把我帶到他們家。

直到站在他們家大門的屋簷下，我才開始感到一陣困窘害羞。雖然身體沒有全濕，但也算是個半濕人了。拎著高跟鞋，看向光溜溜的腳丫子，沒穿鞋眞的好奇怪。本想把鞋子穿回腳上，但是鞋子和腳已經濕了，再穿回去更奇怪。

「你家有人嗎？」我難掩尷尬地問。頭髮不但濕了，臉上還沾滿雨水，不用想也知道我有多狼狽。我這鬼樣子讓誰看到我都會覺得不好意思。

「我媽在家。」他的回答立刻使我的尷尬指數飆高。

「可是我這樣子……」去見人家的媽媽似乎不太妙，尤其是第一次見面。

「這樣……」他的手忽然輕柔地在我頭髮上游移，我身體反射性地瑟縮。無視我的震驚，他把我頭頂上散亂的髮絲全給順齊了，「就好多了。」他給我一個安撫的笑。

「謝謝。」我不好意思地呢喃道。

「進來吧！」打開門，他側身讓我進屋。

一進屋內，映入眼簾的是富有歐洲風味的裝潢，牆上掛了好幾幅詩意的風景畫，典雅的沙發擺放著蓬鬆的抱枕，擦得淨亮的茶几上則擺放上插著向日葵的花瓶。

「回來啦。」姜媽媽從樓上走下來，臉上還敷著面膜。

「姜媽媽妳好。」我下意識立正站好，內心難掩緊張。

「妳好。」姜媽媽匆忙把面膜取下，帶著責怪的神情看向姜哲漢，「要帶同學回來怎麼不先說一聲？」

拿下面膜的姜媽媽著實讓我感到一陣驚豔，年輕又貌美是我對她的第一印象。原來姜媽媽是個大美人，不僅長得漂亮，身型更是媲美模特兒的標準。也難怪姜哲漢喜歡高䠷的女孩子，原來都是受到媽媽的標準影響。

「外面突然下大雨，臨時起意的。」不在意被媽媽責難，姜哲漢面露笑容地說：「她叫小靖，我朋友。」

「女朋友嗎？」姜媽媽臉上堆滿笑意，好不曖昧地瞅著我們兩個人。

頓時一陣默然和一陣尷尬。

「媽，可以幫我們拿毛巾嗎？」靜默幾秒後，姜哲漢才又開口。

「好，你們先坐著，我去拿。」

輕輕靠向沙發入座。一陣失望朝我襲來，姜哲漢選擇迴避問題，又代表著什麼意思呢？是他害羞？還是他對我沒那個意思？還是根本都是我在自作多情？唉，光是這樣揣測就夠我鬱悶了。

著我看。

「妳會冷嗎？」他抽了幾張面紙遞給我，做了個擦臉的動作。趕緊接過衛生紙，我粗魯地把臉上的雨水擦乾。可能是我的動作太不淑女，他突然淺笑一聲，興味十足地盯著我看。

驚覺他在看我，我緩緩放下衛生紙，彆扭地答道，「不會冷。」他那樣看我，才是讓我緊張到全身燥熱的最大原因，怎麼可能還冷得起來，拜託。

大約靜默了五秒，他又緩緩開口，「妳這裡……」他指著自己的額頭，我詫異地盯著他看，接著他指頭又移到眼窩下頭，「還有這裡……」臉上依舊掛著笑容，「黏到衛生紙了。」他表示。

著急地連忙用雙手撥掉臉上的衛生紙屑，難怪他一直盯著我看，眞是糗斃了！

「毛巾來囉！」一旁，姜媽媽已經取來兩條毛巾給我們擦拭頭髮。

道過謝，姜媽媽又從廚房端出兩杯熱奶茶給我們喝。

「哲漢，待會帶小靖去你房間吹乾頭髮。」正在啜飲奶茶同時，姜媽媽突然這麼說。我受寵若驚地睜大眼睛，姜媽媽的好意，眞讓我感到不好意思。

我還眞的沒進過異性的房間，更遑論進異性房間是爲了吹頭髮！

「姜媽媽，不用麻煩了，不用吹頭髮也沒關係。」我乾笑。

「那怎麼行！要是感冒就不好了。」姜媽媽伸手端走我們飲用過的茶杯，嘴裡還不忘向姜哲漢發號施令，「快點帶小靖上樓吹乾頭髮。」

「走吧，我帶妳去我房間。」他朝我使了個眼色，我難以抗命地尾隨他走。到了臥室，他指示我坐到椅子上，自顧自地忙著把吹風機從抽屜裡取出來，插上插頭。

「謝謝。」

「我到樓下客廳等妳，妳慢慢吹頭髮，不用急。」交代完之後，姜哲漢便離開臥室留下我一個人。

剩我一個人時，大略的觀察姜哲漢的房間，清一色的天藍色系，不僅床單和床罩是天藍色，就連窗簾和燈罩也是。意外察覺他喜歡的色調和我一樣，有種莫名的喜悅。

我開始吹頭髮，仰視右側牆上麥可喬登的巨大海報，想著姜哲漢肯定每晚入睡前都看著麥可喬登勉勵自己打好球的吧！一思及此，我會心一笑。

迅速地吹乾頭髮，將吹風機的線收齊，安放在書桌上後，便輕輕闔上房門下樓。

「好了？」已經換上乾爽衣物的姜哲漢，整個人看上去清爽多了。

「嗯，那個……吹風機我放在桌上。」

「放在桌上就可以了。」

「哲漢，待會兒叫你朋友留下來一起吃晚飯。」姜媽媽從廚房大聲吆喝，相當熱情好客地說。

「要留下吃晚飯嗎？」他看著我問。

「不、不用了。」那多不好意思啊！

「放心，我爸媽人都很好也很好客。」彷彿讀出我的心思，他再三保證。

「眞的沒關係，我回家吃就好。」我還沒做好心理準備和姜哲漢的家人一同吃飯，不是擺架子而是害臊。「下一次好了。」爲了不辜負姜媽媽的好意，我隨口允諾。

「那我去跟我媽說下次有機會再一起吃飯，然後先送妳回家。」

他當眞了。

「那個……我自己……」我話還沒說完，他就逕自往廚房走去。

半晌，姜哲漢回到客廳。「我跟我媽說好了，我們走吧。」他從傘架拿出兩把傘，一把遞給我。

和姜哲漢撐著傘漫步回家的感覺很奇特，那種感覺猶如置身在戀愛中，雖然不是共撐同一把傘，也不是男女朋友，可是當下有一種戀愛了的感覺——很幸福也很愉快。

到了家門口，我把傘遞還給他。

「謝謝你送我回家。」

「謝謝妳今天的壽司。」

突然變成道謝大會，兩人有默契似地齊聲笑起來。

「那我回去了。」

「慢走喔，拜拜。」我微笑揮手道別。

看著撐傘走入雨中的姜哲漢，突然有種不捨的感覺。就快走到巷子口時，姜哲漢忽然停下腳步朝我大喊，「我媽說改天妳一定要讓她請妳吃頓飯。」

「好啊。」我爽快應答，心想姜媽媽人眞親切，我好喜歡。

滿懷喜悅地目送姜哲漢離開，直到他的身影離開我的視線，我還開心不已。

13

允諾吃飯後，過了一個星期，我受邀到姜哲漢家作客。

用餐過程很愉快，期間我也更了解姜哲漢一家人的特質。姜伯父是個饒富趣味的幽默大師，在餐桌上講了不少自己親身經歷過的糗事來逗樂大家。而漂亮賢淑的姜媽媽則扮演聽眾角色，不僅會適時捧場姜伯父的笑話，還會跟著附和。看得我都替他們夫妻感到幸福甜蜜。

姜伯父和姜媽媽都對我很友善很客氣，唯一令我感到彆扭害羞的是他們都誤以為我是姜哲漢的女朋友，還要他挾菜給我，結果整頓飯吃得我是受寵若驚。趁姜哲漢離席去洗手間，姜媽媽還問我和姜哲漢牽過手親過嘴了沒。當時姜伯父也在場，面對突如其來的詢問，我差點沒被嘴裡的飯菜給噎到，好害羞。

姜媽媽真是個不可多得的媽媽，不但年輕貌美、身材好、廚藝佳，就連個性也開明得嚇人。

回答我們不是男女朋友之後，姜媽媽顯得有些失望，還語重心長地要我加把勁，說他們家的哲漢長得帥，如果對他們家的兒子有好感就要快點下手。還說了不要看他四肢發達，其實他這個乖兒子腦袋有些木頭，希望我能讓他的木頭兒子開竅，不要再談些像小孩般的愛情。

我只是笑了笑，但打從內心真正高興聽到姜媽媽這番話，不但鼓勵我追他兒子還透露了些有關姜哲漢的事給我聽，收穫眞不少。

用完餐後，姜媽媽要姜哲漢送我回家，並且吩咐我有空要常來他們家玩。

「你們家的人都很好相處。」回家的路上，我有感而發說著。

「是嗎？」他揚起好看的笑靨，「我也這麼覺得。」

我帶著笑凝睇他，他的回答還眞不害臊。

「你對朋友應該也很好吧？」

不知道為什麼我就是想這麼問。如果要說出一個理由，大概是我渴求自己比朋友身分更多點什麼，尤其是關於愛情的方面。

「這可能要問妳囉！」偏著頭，他扯著嘴角笑，「妳覺得呢？」

問題還是被打回原地，簡直是自問自答，答案依然無解。原先還希望聽到他能說出什麼「我不是對任何一個朋友都很好」，或者是「我對朋友都好，只是對妳比較特別」，更或是「我對朋友都還可以，只是對妳比較照顧一點」。

結果都沒有，好，是我想太多。

「還ＯＫ。」我說，不過是帶著遺憾的語氣。

聞言，他朗聲而笑。「還ＯＫ？」

「嗯，就是還ＯＫ。」低下頭，我踢著路上的小石子。

本來想稱讚他是一個很值得結交又很會照顧朋友的人，可是一聽到他反問我，又沒說出我真正想聽到的答案，我就突然不怎麼想稱讚他。說我任性也好、說我莫名其妙也罷！我只不過是想在單戀中尋找雙向的可能。

「ＯＫ就是還可以囉。」他突然傻氣地笑，擅自給自己下定論。

「你……女生朋友多嗎？」端詳著他的側臉，我半好奇半試探地問。

像他這麼好看的男生，應該很容易吸引異性和他做朋友，像我就是其中一個。但我還是得先聲明一點，一開始我是因爲他貼心幫我撿回東西的舉動而有初步好感，並不完全只是看上他的長相。當然，有長相又有愛心的男生，是可遇而不可求的。

「嗯……」打住腳步，他望向前方，沉思了一會兒，「應該。」

這算什麼回答？

不過，合理。帥哥本來就比較吃香，異性朋友多也是正常的。

「那……她們都怎麼說你，說你人很好嗎？」見他乖順地回答，我就繼續追問。

「這種事應該不是由我來講。」他笑，是那種讓我心醉的笑。

從他的笑容裡，我就能百分之百猜出他在女生朋友中的風評肯定不錯。

「那你也送她們回家囉？」我裝出毫不在乎的模樣，內心卻私自盼望自己在他的心目中是特別的，有機會晉升爲女朋友的那種可能。

「嗯。」他大方承認，「有時候。」

肩膀霎時垮了下來。原來我也是他多數女生朋友的其中一個，並沒有什麼特別之處……我和她們沒什麼不一樣。

「送我到這裡就好。」在距離我家還有一半路程的地方，我停下腳步道。他一頭霧水地望向我瞧。見他英俊的臉龐帶著困惑的神情，我又心軟了。「我突然想到我還要去一個地方。」擺明說謊。

「要我陪妳去嗎？」他突然問。

心中頓時警鈴大響！他也陪女生朋友到處去逛街嗎？

強忍一股酸澀在胸腔翻騰，我想我應該要習慣，習慣他對待朋友的方式。尤其是女生朋友。

「拜拜。」無視他的好意，我果斷地對著他揮手道別。

「……拜。」遲了半秒，他才吐出再見的字眼。

我轉身往反方向大步離開，讓他對我的背影乾瞪眼。感覺很痛快，內心卻很悲哀。

沒有，我沒有在跟他生氣。我只是在氣我自己，不該問一些莫名其妙的問題來讓自己不開心。他有什麼錯呢？送女生回家這麼貼心的舉動，說不定是他基本禮貌的表示而已。我根本犯不著吃醋生氣！尤其我又不是他的女朋友，哪有什麼資格可以生氣？

也許，我該氣的是我自己，喜歡他卻還不敢表明心意。

14

時間的齒輪又轉了一個星期。唯一能讓我放鬆心情和姜哲漢獨處的地方，就是公園附屬的籃球場上。在校內能和他交集的時間並不多，雖然我們的班級只隔一道牆，但他和我都有自己的朋友圈，要跨入實在不容易。再者，姜哲漢都把下課時間拿去奉獻給籃球場。除了偶爾在走廊碰上會相互打個招呼外，我們還眞的不曾在校內獨處過。

我是可以跟那些愛慕姜哲漢的籃球粉絲爲伍，只要下課鐘一打便馬上到籃球場集合，巴不得讓姜哲漢知道自己有多麼愛慕他，多麼因他著迷。可是我不想這麼做，也許我內心介意的，是和那群愛慕他的女孩分享迷戀他的滋味。在某個層面來說，我深信「道高一尺，魔高一丈」而我卑劣地只想自己一個人獨享迷戀姜哲漢的美好。

眞正讓我驕傲備感榮幸的是姜哲漢會邀約我到籃球場看他練球。再一次，無疑地，我把這樣的邀約視爲愛情的跳板。遲早有一天，我會像籃球一樣慢慢侵入他的內心，讓他對我產生高度好感。帶著這樣的心情，每當凝望著他的臉龐，我都會在內心對他施咒「要喜歡小靖」，渴望哪天這五字箴言能實現。

已經在場上全神貫注練球的姜哲漢尚未發現我的到來。我不打算驚擾他，面露微笑，悄悄在一旁長凳上入座，帶著貪婪和迷戀的目光欣賞他賣力練球的模樣。

不知道過了多久，汗水淋漓的姜哲漢才發現了我。他停下練習動作，嘴角邊綻開笑容，一面緩步朝我走來。「妳來很久了嗎？怎麼沒叫我？」一開口，我就注意到他話中的貼心。

「沒有很久啊，而且看你這麼認眞，我也看得起勁，才不好意思喊停。」刻意用手指搔抓著頸項，轉移因爲面對他而逐漸害羞的情緒。貪看他的時間怎樣都不嫌久，而且巴不得能盯著他看一整天，牢牢將他的身影嵌入腦海裡，永遠刻印在心底。眼前這個我喜歡的男孩。

他好似滿意我的答覆,嘴角掛上淺淺的微笑。「天氣好熱……」他用手背將額頭上的汗珠輕輕抹掉,才再度盯著我看,「我請妳喝東西要不要?」

意外的驚喜。

「好啊。」我欣然點頭,任他領著我到便利商店選購飲料。

一踏入便利商店,姜哲漢猶如走在自家廚房般,立即從冰櫃裡拿取百香綠茶。見我還站在冰櫃前遲遲拿不定主意,他隨即又開了冰箱門,從裡頭拿出第二瓶百香綠茶。

「要喝一樣的嗎?」他雙手各執一瓶,不確定地問,「這種口味可以接受嗎?」

「可以。」他替我作主,正好省去我的麻煩,而且我喜歡他替我作主,彷彿自己是他的小女人。

「中午想吃什麼?」走出便利商店後,他遞給我飲料時問道。

「那個……我有帶中餐,如果你不介意跟我一起吃的話……」不曉得我這樣像不像是極力討好婆婆的小媳婦。

「是嗎?」沒漏看哲漢眼裡的訝異,隨後他又給了我一個期待的眼神,「妳帶了什麼?」像個急欲想知道驚喜的孩子。

「三明治。」我對著他笑,渴望從他嘴裡得到讚美。

「三明治？」他那好看的笑臉上有著一絲困惑。

沒預料到他的反應，我開始有些誠惶誠恐。「中午吃三明治好像有點奇怪喔？」本來的用意是想換點新花樣，可是我忘了考量大部分的人好像習慣中午不是吃麵就是吃飯。「三明治好像還是比較適合早餐吃吧……」我哀怨地與他對視，暗自祈禱他不要認爲我是一個奇怪的女孩。

「有加蛋嗎？」他天外飛來一筆問道。

「有、有啊。」他會這麼問，是代表不介意中午吃三明治囉？

「三明治就是要加蛋才好吃。」他帶著鄭重其事的神情點頭。

「回籃球場吃嗎？」瞧見他的反應後，重新對帶來的三明治燃起了希望，還好他不介意中午以三明治果腹。

「好啊，我肚子超餓的耶。」他意有所指地摸著腹部，飢餓的模樣，讓我想即刻餵飽他。

後來我們走回籃球場，坐到上回吃壽司的長凳上。

「我做了好幾種口味，看你要吃什麼盡管拿，不要客氣。」打開餐盒，我私心地想這是愛的午餐。一股滿足感充塞著心房，能爲自己喜歡的人做點什麼，眞的很開心。

拿起切好的三明治，姜哲漢臉上有很深的笑意，「當妳的男朋友，應該都不會餓死才對。」

「爲什麼？」他突然這麼說，害我一時聽不清他話中有話。

「因爲妳都會帶吃的。」嘴巴塞滿食物的姜哲漢含糊不清地說。

「這樣不好嗎？」拿起一塊三明治，我跟著吃。

「很好啊。」他看著我笑，惹得我心臟狂跳。

「那你喜歡我……」頓了一會，連忙改口道，「做的三明治嗎？」他帶著讚許的神情點點頭。差一點就要從嘴裡問出「那你喜歡我這種女生嗎」？好險，沒有被愉悅的氣氛沖昏頭而急著告白。

雖然我很想向他傾訴心意，可是現在還不是時候，至少，要等我有把握一些。

15

我從班導師手上領取獎狀，拒絕毒品海報第二名。我第一個直覺反應是死命盯著獎狀上的字，再三確認是自己的名字後，我還是有些不敢置信。這對我來說簡直是天大的驚喜，完全出乎我意料之外。接著，第二個直覺反應讓我憶起這一切全都該歸功於哲漢。要不是他的勉勵和鼓舞，我也不會花更多心力和精神在海報比賽上。

「如果妳有這個能力……何不臭屁地相信自己一定可以。」記得當時姜哲漢這麼對我說，往後這番話卻成了我的座右銘。

想和他分享榮耀的念頭立刻深植在腦海裡。於是，我想起姜哲漢也許放學後仍會在校內練球。有了這個假設，我決定放學後在教室多待幾分鐘，再到籃球場去碰碰運氣，說不定姜哲漢就在那裡，而我要把這個好消息告訴他。

放學鐘聲一響，馨慧陪我在教室待著，靠坐在課桌上的馨慧打量我的眼神充滿好奇。

「幹麼這樣看我？」又不是動物園的猩猩，值得讓她這麼好奇。

「我說某人最近很忙喔！假日難找到人就算了，現在就連放學了也忙著追人。」馨慧意有所指。

「怎麼？開始想念有我作伴的日子了吧。」我得意地說。

「少臭美了妳！」她不得不微笑起來，「追他追得怎麼樣了？」馨慧嘴雖然硬，但依然很關心我。

「好朋友身分囉。」我對她眨眼笑。

「不錯嘛！」馨慧捏了捏我的臉，「再努力一點就可以告白啦。」

「要告白還久呢！」我揉著被她捏疼的地方，這魔女稍微一高興起來，力道也跟著不受控制。「如果我忙著追姜哲漢而疏忽妳的話，不要見怪喔！」沒辦法，現在整顆心都懸在姜哲漢身上，和馨慧去逛街看電影的次數的確減少了很多。

「妳現在才知道疏忽好朋友了喔！」她瞪我，語氣接著放軟，「幸好是我支持妳追他，也幸好我個性獨立，不然這種情形，非要說妳見色忘友不行。」她佯裝氣憤地說。

「幸好妳沒有，謝啦！賢慧。妳最體貼了。」眞正的好朋友就是要互相體諒的啊。

難怪我喜歡馨慧這個朋友。

「少來！等妳追到姜哲漢看要怎樣報答我。」

「知道啦！請妳吃飯看電影，ＯＫ？」見她意猶未盡地挑起眉，我又加碼，「ＫＴＶ歡唱兩小時，全都給妳唱，ＯＫ？」她這才滿意地點點頭。

這代價，我的荷包啊。

和馨慧在走廊轉角分手後，我便迅速奔向籃球場。籃球場上，我看到一道熟悉的身影，筆直地站在三分線上賣力地練投三分球。我猜得完全沒錯，場上那個人就是哲漢，我不禁得意自己能猜中哲漢的行蹤。

「咦，妳怎麼還沒回家？」

我還沒出聲，姜哲漢倒是先察覺到我的存在。

「因爲我有好消息要告訴你。」

事先把獎狀預藏在背後，任由興奮和害羞在內心盤踞，突然有一種即將要告白的錯覺。如果背後那張獎狀換成情書，結果應該會很不得了才是。可惜，我今天不是要告白，而是要和他分享我的喜悅。

「什麼好消息？」抱著籃球的姜哲漢困惑地側著頭問。

先給他一個大大的笑容，再拿出預藏的獎狀舉高在他面前。「你看。」接著，他湊近看。然後露出了令我滿意的反應和笑容。

「哇!第二名……超厲害的！」他一手接過獎狀細看，臉上還不時流露出肯定的神情。「我就知道小靖有這個能力。」他把獎狀遞還給我後，以資獎勵地在我頭上亂揉了一把。

「其實……我沒有你說的那麼厲害啦。」慢條斯理地整頓被他揉亂的頭髮，心臟的馬達卻不像表面鎮定，反而飛快地在胸腔內運轉著。「那個……我請你喝飲料。」爲了阻止他再持續誇獎我下去，我怕我尾巴會翹起來，趕緊轉移話題，讓自己不至於因害羞而漲紅了臉。

「不用。」他簡潔無比地回答。

「不用？」跟著重複他的話，我錯愕他拒絕我的好意。

「應該我請妳。」在他這句話脫口後，順時撫平了我眉間的皺褶，也消弭了我的不安，笑容重新回到我臉上。

「不行，應該我請你才對。」這點，我很堅持。「等你練完球，我們一起去學校對面的那家飲料店，嗯？」我刻意揚起好看的笑容詢問他，擺明不要他拒絕。

「那好，下次換我請妳。」在我的堅持下，哲漢終於答應讓我請客。他瞄了手錶一眼之後望向我。「如果妳不趕著回家的話，那再等我半小時。」

「一小時也ＯＫ。」我逕自走到籃球場外，放下書包席地而坐。

每當哲漢偶然命中三分球，我都會興高采烈為他鼓掌歡呼。我喜歡看他打球的認眞模樣，是那麼樣地專注、單純、美好。我認定這就像是愛情的模樣，必須專注、且單純對準一個人（一個籃框）、用什麼方式追求不重要（用什麼姿勢投籃不重要），只要拿眞心對待所愛（只要賣力將球投進籃框），距離愛情（邁向成功）就不遠了。

我渴望自己的愛有朝一日能投進姜哲漢的心。看著他在場上來回移動的身影，我不禁傻傻地笑了起來。自從遇見姜哲漢，我便對愛情懷抱著無限憧憬，我希望未來這個憧憬並不會破滅。

「要今天教妳灌籃嗎？」練球練到一半，姜哲漢突然停下來問我。

「灌籃？」說這話時，我已經站起身，拍掉褲子上的灰塵，走向他。

「妳有心理準備了嗎？」他笑著說。

「要有什麼心理準備？」我疑惑地問。

他把籃球交到我手上，然後繞到我背後去，正當我滿頭霧水想回頭察看。下一秒，我不由自主地從嘴裡迸出一聲尖叫。他忽然從後頭環抱住我大腿，將我往上抬，我整個人呈現半騰空狀態。驚魂未定地死命抱著懷中的籃球，一動也不敢動。

「可以灌籃了。」相較於我的驚慌失措，他則是老神在在，還用輕鬆的語調指示我動作。

「這就是你說可以灌籃的方法？」壓抑住想再次尖叫的衝動，頭一次，我有想瞪他的衝動。手卻還是聽話地將球用力灌進籃球框，感到一陣如釋重負。

實驗證明，用力把球灌進籃球框，和用力投進籃球框的感覺十分不同，若要我說出怎麼個不同法也不太容易，這可能要親身體驗才行。但前提是雙方必須先事先溝通好，不然嚇出一身心臟病也不是不可能。

「好玩吧？」他輕輕地把我放回地上，帶著笑問。

「好玩是好玩，可是你沒跟我說是這種方法……」我就是忍不住要抱怨一下，誰叫他不先跟我說好，害我不僅嚇得花容失色還大驚小怪。

「還想多灌幾次嗎？」他看著我，調皮地問。

「好……」答應得如此爽快，我自己也嚇了一跳。

可是現在拒絕好像也太遲了……他已經跑去撿球了。

他遞給我籃球後，我再次感受到身子騰空。完全不費力氣，他輕鬆自如地將我整個人抬起，環抱住我大腿的手很有力量，我感到比第一次他抬起我時安心。爲了不浪費這千載難逢的機會，我不僅灌了第二次籃、第三次籃、第四次籃、甚至五次六次七次……過程中，我還和哲漢彼此相互有了默契，好幾次他站在籃下，爲的就是等我運球過來，他再一把將我抱起，讓我像空中飛人般驕傲地把球灌進籃框裡，過足灌籃的壯舉。

後來，我又在場外等姜哲漢把當天該練的球量給完成。每回眼神不經意游移到他那強而有力的雙手，想到他能輕易地將我抬起，不禁暗自臉紅。他環抱住我大腿的當下，我還不會感到不自在，反倒是結束，只要一想起方才的親密接觸，我就會頻頻害羞，接著又偷偷開心。眞要命。

待姜哲漢練完球，我們買完飲料後，姜哲漢提議送我回家，不過被我婉拒了。不是我還在介意他這種送女生朋友回家的禮貌行爲，而是我捨不得他多陪我走這麼一段路，雖然學校距離我家路程不過五分鐘，但我還是希望他早一點回家休息，況且明天還要上課。

「這星期六要到我家烤肉嗎？」揮手道別前，姜哲漢突然彎下身來看著我，然後露出牙齒微笑。

「烤肉……」遲疑了幾秒，我才意會到這星期六是中秋節。「可以嗎？會不會打擾到你家人。」雖然姜哲漢的邀約讓我既興奮又開心。但我擔心一旦莽撞答應，會麻煩到他一家人。這就像過年到毫無親戚關係的朋友家去吃飯一樣，亂怪的。

「才不會。」他吸了一口飲料，帶著急於要我安心的神情澄清，「當天阿勳會來，上次去KTV幫我慶生的那四個朋友也會來。」他極力補充。

「是嗎？」原來他不只邀請我，還邀請了不少朋友。

看來我又把自己想得太重要了，以爲在他心中是獨一無二，結果還是我想太多。

「要來嗎？」他又用著那張好看的臉邀請我。

當下，我又著迷了。

「恭敬不如從命。」我說。

登陸月球的太空人阿姆斯壯曾說過，「我的一小步，是人類的一大步」，對我而言，接近姜哲漢的一小步都是跨入愛情的一大步，因此我珍惜每一步能接近姜哲漢的機會。

16

烤肉當天，大夥相約好去一趟大賣場。

我們準備了一大堆烤肉用具和烤肉食材，動用了兩台購物車，車裡放了許多足夠填飽六個人的食品。當然依我看來分量還綽綽有餘，如果姜伯父和姜媽媽肯一起加入的話，那樣應該就很剛好。

可惜姜伯父和姜媽媽直說這是屬於年輕人的活動，他們不便參與。但好客賢慧的姜媽媽還是忍不住幫忙我們處理食材，姜伯父則是古道熱腸地幫忙男生們生火。再一次，我感受到姜哲漢有一個美好又溫馨的家庭，而姜伯父和姜媽媽都是很好相處的長輩。

一切準備就緒後，大夥在姜哲漢家的後院歡樂地烤起肉來。烤肉組分成兩邊，一邊專攻海陸，一邊專攻青菜類，猜拳來決定組別。我分配到海陸組，而令我感到既興奮又幸運的是姜哲漢的位置就在我隔壁，我們同一組。烤肉時，我總會假裝自己好喜歡替食物刷上烤肉醬，然後趁姜哲漢專注地替食物翻面時，飽看他專心烤肉的模樣。

「小蘋果，來選飲料。」一旁甲女呼喚，中斷我貪看姜哲漢的美好時光。

我趕緊應聲。起身挑選飲料前，不忘貼心詢問姜哲漢要什麼飲料，順便幫他一起帶過來才是。

「這個給妳吃。」回到小木椅後，姜哲漢遞給我一串烤熟的青椒。

我面有難色地盯著手中那串青椒，姜哲漢彷彿讀出我的心思，用關愛的口氣問，「妳不喜歡吃青椒嗎？」接著，又開始認眞地翻動起烤肉架上的肉片。

「嗯。」我愼重其事地點頭。我一向對青椒敬謝不敏。它的味道和口感是我十分不能接受的。

「青椒含有維他命A和維他命K，而且富含鐵質，有助於造血喔。」他說，好像要引誘我吃下肚。

不可思議地盯著他看，他居然對青椒有研究？

「那你喜歡吃青椒囉？」烤熟的青椒，在空氣中散發一股更濃郁的味道了。這味道實在是……

「以前我也不愛吃青椒，後來是我媽用這個理由說服我吃的。」他看著我露出笑容，「妳吃吃看，眞的不難吃。」敵不過他的眼神攻勢，我勉爲其難地咬下一塊，第一口我眉頭輕蹙，第二口我眉頭糾結，第三口我突然注意到了哲漢關懷的神情，於是我變換表情，嘴角顯露出一點點微笑般的角度。最後帶著一抹苦瓜臉微笑，把那串青椒全嗑下肚，這時哲漢的神情才從擔心轉為開心。

要論口感當然是食不知味，但是為了得到姜哲漢的贊同，我還是忍下喉嚨那股作嘔的衝動，硬著頭皮嗑掉它。在投其所好這方面，我可是貫徹得很徹底。只是不曉得這麼做，能不能讓他看出我有多用心在迎合他。

「要再來一串嗎？」我才剛丟完竹籤，姜哲漢又熱情地問。

我傻眼！老兄，不是這麼熱情的吧？

「那個我……」

「喂，蔡志勳來了。」

一旁烤肉的乙男突然大聲嚷嚷起來，他這一嚷，大夥全把目光焦點放在大頭菜身上，那個姍姍來遲的傢伙！咦，這傢伙好像不是單槍匹馬來，後頭還跟著一位女孩，那名女孩輕盈地從大頭菜後面探頭出來。她這一現身，大夥的眼睛為之一亮。眼前的女孩有著一頭飄逸的柔順長髮，長相清秀，身形纖瘦，深邃的眸子像會說話。她好像一個人，電視上的一個人……我想起來了，她長得像志玲姊姊，不過是青春版。

我瞠目結舌地望著她，開始胡亂猜測這名陌生女孩是大頭菜的誰。我側過頭正想向姜哲漢詢問那名女孩的身分，未料姜哲漢的表情卻比我還震驚，眼神裡摻雜著一抹複雜的情緒，但很快地，姜哲漢將這種情緒悄然收起，恢復往常的表情。令我納悶的是爲什麼哲漢看見那名女孩時會出現那種表情？我不懂。

「各位，她是我和哲漢的國中同學，她叫孫慈。」大頭菜得意地介紹。女孩開心地和大夥打招呼，她的笑容好甜，彷彿裹了糖漿似地。

「哇塞！原來你們有這麼正的國中同學。怎麼不早一點介紹？想私藏喔！眞不夠意思！」愛好正妹的甲男又開始發春了。

「但願我突然加入不會打擾到大家。」孫慈甜甜地說，我整個人酥麻了一下。她不僅貌似志玲姊姊，就連聲音都一樣嬌甜。

「不會，不會，當然不會！」我沒聽錯，乙男連續說了三次不會。「妳來得正好。人多熱鬧！這裡還有空位，要過來一起坐嗎？」眼睛離不開小志玲的乙男積極獻殷勤。

小志玲的出現惹得現場異性頻頻發春，尤其甲男和乙男都巴不得小志玲能坐在他們身旁，渴望的神情就像小狗巴望著骨頭似的。

「人家要坐，當然也是到哲漢和小蘋果那裡坐，少肖想了你！」不留情面的甲女馬上潑了乙男一桶冷水。

「就是嘛！你烤肉有那麼積極就好了！四季豆都被你烤焦了！」乙女跟著訓斥。

小志玲只是笑了笑，然後走向我們這頭。

「哲漢，好久不見。」

她那笑容，簡直像仙女。

我正擔心姜哲漢會招架不住小志玲的魅力，像甲男和乙男那樣發情，沒想到他只是平靜地說：「好久不見。」露出短暫的微笑，然後又繼續翻動烤肉架上的肉片。

「妳是……」小志玲突然把注意力放到我身上，「哲漢的女朋友嗎？」

「她是我朋友。」姜哲漢搶先我一步回答，說這話時他是對著肉片講。

「原來如此。」是不是我太有警戒心，總覺得小志玲聽到哲漢的回答後似乎鬆了一口氣。「我叫孫慈，妳叫？」她彎著身想跟我握手。第一次遇見這麼鄭重其事的打招呼方式。我連忙站起身，還用手在褲子上擦了一下，才握上她的手。

「那個，我叫夏靖蘋。」這麼近看她，我突然有一點緊張。因爲她長得實在太漂亮，全身散發出一股優雅的氣質，好像不是我這種平凡小民可以隨意親近的。

「原來妳……」她正在打量我這個人，如果我沒猜錯，她是在審視我的身高。

「……長得這麼可愛！」賓果！我想她是把「矮」這詞婉轉地說成「可愛」。

「妳很漂亮。」我回誇。人家先釋出善意，沒道理不友善示意。何況，我誇的也是事實。

「妳們兩個少噁心了，在那邊互相稱讚幹麼？趕快坐下來烤肉啊！」一旁看不下去的大頭菜出聲制止。這才讓我們兩人結束接下來的客套話。

結果，大頭菜那個豬頭，趁我起身和小志玲寒暄時搶走我的坐位。而讓我感到極度沮喪的不是位置被搶走，是小志玲就坐在姜哲漢右手邊，好不賢慧地幫忙姜哲漢烤肉，搶走我位置的大頭菜卻煞風景地坐在我隔壁。

喔，眞想拔了這棵菜。

17

整場烤肉下來，我吃得不多，一顆心總懸在姜哲漢和小志玲的互動上。雖然他們就像老朋友般有一搭沒一搭地閒聊著，可是我看得出來姜哲漢那抹蘊含柔情的神色，溫暖的笑意一直掛在他英俊的臉龐上。總覺得他對這個小志玲好像特別不一樣，那種特別，是超出他對一般女生朋友的態度。

「對了，我有帶相機，我們來拍照，快點快點！」甲女拿出數位相機，高興地吆喝著大夥。

「我要跟孫慈拍。」甲男說。

「我也要跟孫慈拍。」乙男跟進。

「閉嘴！孫慈是我帶來的，要拍也是我先跟她拍。」大頭菜好有威嚴地說。

「你們這些臭男生，相機是我的，應該是由我決定才對吧！」甲女搶回主控權。

結果大夥吵吵鬧鬧，小志玲就這麼從椅子上被拉去拍照。

姜哲漢笑了，我想他的想法應該跟我一樣，那群傢伙真是無可救藥瘋了。好像八百多年沒見過美女一樣，雖然她真的很美，美到我覺得自己大受威脅。

如果小志玲成了我的情敵，那樣的話，這場仗還沒開打，我就已經輸一半了。如果是姜哲漢本身也對小志玲有意思的話，那麼我不就……趕緊甩開這個可怕念頭，拿起一串貢丸啃掉焦慮。看看正在拍照的小志玲，再看看吃著吐司夾肉片的哲漢，然後又看看小志玲，然後又看看哲漢，然後繼續再看看小志玲，再繼續看看哲漢，然後哲漢的眼神和我對上。

被抓包，我心虛地縮了一下身子，訥訥地問：「你……你不跟他們一起去拍照嗎？」好在我靈機一動丟給他一個問題去思考，否則眞被他發現我一直偷看他，那實在很尷尬。

「我不喜歡拍照。」他兩手抓著吐司邊，神情頗爲認眞地回答。

大發現，原來長得很帥的姜哲漢不喜歡拍照。可惜了，這麼俊俏的人類，要是放到無名相簿上，一定有不少少女會點閱，說不定還會上無名首頁。

「我也是，不太喜歡入鏡。」可是我卻很期待能有一張和姜哲漢合拍的照片。不過這個心願，似乎隨著姜哲漢不喜歡拍照的習慣而破滅了。

一旁的大夥持續鬧哄哄地吵著拍照的事。我繼續安靜地啃著貢丸，姜哲漢則繼續吃著他的吐司夾肉片。唯一我很確定的是我不敢再隨意偷看他了，因爲我沒有其他話題可應付下一次抓包。

就這樣，我們兩個像沒人邀舞的王子和公主。靜靜地坐在一旁，發呆。

「嘿，小蘋果、哲漢。」順著聲音，我們同時抬起頭。

相機咔嚓一聲，我和姜哲漢都入鏡了。

「喂，偷拍啊？」姜哲漢的語氣不大高興。

「放心，帥哥怎樣拍都帥。」甲女彷彿想安撫姜哲漢的情緒說道。「誰叫你們兩個都不來拍一張，所以這張照片我會上傳到相簿，如果想要留著就自己下載吧！」

「那，我的表情……」毫無預警下肯定很呆。

「喔，表情啊！」甲女看了看剛才偷拍的照片，「呃……雖然一臉困惑，但還滿可愛的！相簿的網址我再告訴妳唷。」於是，我就這麼被敷衍過去了。

拍完照沒多久，大夥就開始收拾餐具和用具。結束整個下午的烤肉活動後，四人組先行離開，剩姜哲漢、我、小志玲、大頭菜還站在哲漢家門口。

「哲漢，待會可不可以送我回家？」小志玲甜甜地說。

「好啊。」姜哲漢看了我一眼，接著又看著大頭菜。「阿勳，妳送小靖回家。」

「我？」大頭菜一臉無法理解。

「沒關係，我自己回家。」如果一路上都要聽大頭菜講出可能消遣我的話，那我寧願自己一個人孤孤單單地回家。

唉，明明習慣一個人回家，何時卻變成期盼每一次都有人能陪我回家，而那個人非得是哲漢不可。

「知道了！用那麼可怕的眼神看我幹麼？我送她回家不就是了。」走出姜哲漢家門口後，大頭菜還在抱怨。

姜哲漢他們走的方向和我們的方向不同，看著他們離開的背影，我多希望站在姜哲漢身旁的人是我而不是小志玲。

「喂，小矮人，人都走遠了，妳還在看什麼？」大頭菜一臉詫異。

「我才不是小矮人！」就說我寧願一個人回家的嘛！

「幹麼不想承認？」大頭菜那副挑釁的樣子讓我眞的很火大。這些年他到底長進了些什麼？那死個性一點都沒改進。

「我要自己回家。」以後吃大頭菜這蔬菜，我要奮力地咬、死命地嚼，最好做成涼拌更有咬勁。

「我的摩托車就停在前面巷子口裡。」無視於我的怒氣，他自顧自地說。

「我要自己回家。」才懶得管他摩托車停哪。

「等我，我去牽出來，等我喔！」好像怕我會自己跑掉，他用最快的速度跑去巷口牽車，還不忘頻頻回頭看我。

「白痴！」我對著他背影大喊。先是激怒我，又死命要送我回家。那他一開始就乖乖送我回家，不要惹火我就好了嘛。眞是個大白痴！

不久後，他就騎著一百CC的機車過來。

「幹麼罵我白痴？」他把摩托車騎到我旁邊問。

「我都說要自己回家，你那麼雞婆幹麼？」

如果是看我長得不夠高大就想欺負我的話，他最好打消這個爛念頭。力氣我是比不上他，但和不講理的人吵架，我可是有一定的程度。

「我好兄弟都交代要送妳回家了……」他臉上的神情擺明寫著我不講理。

「那就快點送我回家。」算了，他之所以會送我回家，全都是看在姜哲漢的面子。哲漢的好意，我沒什麼好不接受的。

「爬上來吧！」他拍拍機車後座。

爬上來？我遲疑。

「爲什麼不是跨上來而是爬上來？」

這分明是歧視！

「因爲妳……」他從頭到腳把我看了一遍，又從腳到頭地看上來，最後眼神對上我的臉，「用爬上來比較貼切。」他笑著。

看來不是拔菜那麼簡單了，此刻我還想踩爛他！

「過分！」說這話時，我已經跨上他的機車後座。好啦，是踮起腳勉強跨上，可以了吧！

「喏！拿去戴好。」他從機車的腳踏板上拿起一頂安全帽遞給我。「抓好喔，人掉了可不理賠。」

憤恨地瞪了他一眼，我當然會抓緊後面的把手，才不會要這根菜負責。

「那個……孫慈她和你們是國中同學，有這麼漂亮的同學在一班，國中生活應該過得很不賴吧？」這問題爛透了我知道。騎了一小段路，我按捺不住心底的好奇，厚著臉皮拐彎抹角地打探。

「還不賴啊！」專心騎乘機車的大頭菜，平靜地回答。

「她那麼漂亮，應該很多人追吧？」我一步步逼近問題的核心。

「是很多。」他簡潔回答。

「你也追過她吧？」其實，我想問的是姜哲漢有沒有追過小志玲，不過深思熟慮後，我決定旁敲側擊。

「我沒有！」他回答後，靜默了半晌，「不過，哲漢有。」

我心頭一顫，原來姜哲漢眞的對小志玲有意思。

「哲漢……追過孫慈？」我吞了口口水。老天，難不成他們是舊情人的關係？

「嗯，不過沒成功。」又是用平靜的音調回答。

「爲什麼？」比起知道姜哲漢曾追求過小志玲的震驚，我更震驚小志玲怎麼沒有答應姜哲漢的追求。

「不知道。」大頭菜突然放慢車速，回頭看了我一眼，「他追孫慈失敗的事，妳可不要大嘴巴洩漏出去。」

「我才不是那種人！」我不高興地瞪著他的安全帽。

「不是就好。」此刻，他那平靜的語調，聽起來讓我很不是滋味。

根本是質疑我的人格！要不是命在他手上，我還眞想在他背後使用手刀以示抗議。

遞還安全帽給他同時，他突然很認眞地盯著我。

「幹麼？」那樣看我，該不會要我多少補貼加油費吧？

「妳有懼高症吧？」他換了一個較爲關切的眼神盯著我。

「我哪有懼高症？」他又在亂講什麼？

他突然笑得很開心，是那種令我感到莫名其妙的超開心。

「改天見，小矮人！有懼高症不是妳的錯。」

我終於知道他為什麼笑得那麼開心了。

「我才沒有什麼懼高症！你才有大頭症啦！大頭症！」我氣得跺腳，對著他的車燈疾呼。

可惡，就說我要自己回家的嘛！

18

自從小志玲出現後，我變得格外主動。現在不光是假日會到公園附屬的籃球場報到，就連放學回家的時間也常刻意留連在學校籃球場，為的就是多爭取與姜哲漢相處的機會。某方面來說，我認為這麼做能增進我和哲漢的情感，至少我打的如意算盤是希望姜哲漢能習慣有我作伴，然後逐漸習慣我、認同我，並且在乎我夏靖蘋的存在。

最後，他會贊同我並且樂意接受我對他的愛。

在場邊，我喜歡安靜地坐在一旁，將目光焦點和心跳頻率都留給姜哲漢。看著他入迷也好、欣賞他的球技也好，或者巴望他到出神也罷。光視線花費在他身上的時間，我可是一點都不吝嗇刻薄。最重要的是我還樂在其中，樂此不疲。說我浪費時間也行，消耗生命也無所謂。喜歡一個人就是這麼一回事，光是看著他就能感到很幸福。彷彿幸福感就在內心源源不絕滋生著。

坐在長凳上，我縮起兩腿，雙手放在膝蓋上，下巴往前靠著，望著正背對我練球的哲漢，腦子想著的是一個星期前出現的小志玲。

不得不承認小志玲的出現就像颱風一樣，在我內心颳起了一陣狂風，是那麼洶湧，讓我感到不安。說不覺得飽受威脅是絕不可能的事，在異性眼裡，小志玲就是個百分百完美女孩，說她宛如仙女下凡也不足爲過。然而看在我眼裡就更不用說了，身爲同性兼情敵身分的我也深受她的魅力吸引。（女生的第六感使然，我把小志玲自動歸類爲未來的強勁情敵）原先一開始，我擔心的是姜哲漢會不會喜歡我，但目前我更憂慮的則是小志玲會不會搶走姜哲漢，或者是姜哲漢會不會再度追求小志玲。

排除姜哲漢當天驚見小志玲的震撼表情，他們兩人的相處情形可說是漸入佳境，當日歡快地敘舊可更是補足了他們那些日子流失掉的情感。雖然我不知道爲什麼他們有一段時間沒和對方聯絡，但就我當天觀察看來，他們之間似乎又恢復了正常。如果我將他們這種恢復以往好關係的表現，想成即將會是對我形成暴風雨前的寧靜……那樣的話就很有關係了！即使這只是我個人揣測，但我相信我的猜測相去不遠了。

因爲孫慈這名字，最近很頻繁地出現，不時竄進我耳裡。而最常提起她的那個人不是別人就是哲漢。

「下星期六，孫慈約我們去逛夜市，妳有空嗎？」回長凳上拿起礦泉水補充水分的哲漢如此問。

看，又來了。

「有空是有空。」腦海裡卻不自覺浮現情敵這兩字。

可能是我太在意，又或者是小志玲的魅力太強大，大到我似乎能感覺到自己的畏懼和渺小。唉，光是身高就相差很多了。至於外型，我壓根和漂亮一詞搭不上邊，在我身上聽到的最多讚美詞僅止於可愛而已。唉，是可愛而不是漂亮。

哲漢喜歡高眺漂亮的女孩。內心不禁又冒出這番警語。

前些日子我幾乎都忘了自己不是高眺的女孩，很自動地把漂亮這一詞套用在自己身上。信心十足並且自信滿滿，完全將哲漢會喜歡的女孩類型給拋去外太空。但就在小志玲出現後，我相形見絀，好像立刻被打回原形，有自覺地自知還算不上姜哲漢喜歡的女孩類型。

「阿勳也會去。」姜哲漢接著補充道。

我不知道他補上大頭菜也會去這句話是什麼意思，但對我而言，大頭菜的名字並不具什麼號召力，根本構不上足以誘發我前去的動力。但哲漢都開口邀約了，我沒理由不答應。

「喔，好啊。」我盡量讓自己的語氣聽起來開心一點。

「校內舉辦的籃球比賽要開打了。」姜哲漢在我身旁一派優閒地坐了下來。

「眞的嗎？」我興趣濃厚地盯著他問，「什麼時候？什麼時間？」迫不及待想見證姜哲漢的實力。

「下星期二開始，不過是下午的五六節課。」他說。

「什麼？那我不就看不到了……」時間安排在數學課，數學老師根本不會允許我們去看籃球比賽，我在想，即使班上有同學參與比賽，她也不會讓我們去加油，因爲數學老師是個相當嚴肅且一板一眼的女教師。

他瞧見我激動的反應後，笑了出來。「我會跟妳報告我們這一隊的成績。」彷彿想緩和我的失落感，他加強語氣道，「我保證，無論輸贏，我都會據實以報。」

「眞的，那這樣就可以。」換我笑了。

「雖然看不到比賽，但妳會幫我加油對吧？」他像個極需有人鼓勵的孩子。

「那當然！久久加滿油了。」我半認眞半幽默地說。

「九九加滿油？」他張著嘴一臉困惑模樣，煞是可愛。

「比九八汽油加滿還厲害，久久加滿，是指我會持續很久都爲你加油打氣，精神與你同在。」包括喜歡你這件事。雖然不知道期限到什麼時候，但我相信一旦付出眞心的感情，那樣，有效期將會良久保存。

哲漢一知半解地點頭微笑。「那就等我的好消息。」

「我等你的冠軍獎盃。」我對他抱持著十二萬分的信心。

然後，哲漢笑開了。是那種再度令我心醉神迷的笑。

練習完畢後，哲漢送我回家。

照慣例，我們在我家樓下道別，只是今天有些不一樣，在上樓前，我特別囑咐哲漢等我進屋他再離開，心思單純的哲漢馬上答應我的要求。接著，我慢條斯理地走進屋內，直到屋外的景象隔絕在水泥牆外，我立刻用跑百米的速度衝到樓上，打開窗台的一絲縫隙，瞧著姜哲漢側著頭，半困惑地盯著大門口，然後自己滿足地笑了。

我在想，男生送女朋友回家，都應該是由男方看著女方安全地走進屋內，才能放心的離開吧。雖然這只是我個人的想法，但我很樂意把這樣的理想當成目標。

19

逛夜市那天，哲漢到家裡來接我。見到他的第一眼，很慣性地露出微笑，熱切地揮手和他打招呼。原本興致勃勃的心情，直至驚覺小志玲也出現在我家門口，笑容才頓時僵了。我都忘了逛夜市這提議是由小志玲發起的，而哲漢說要來接我，當然會是先接完了小志玲再來找我。

我想，我在哲漢心目中的順位，是不是永遠排在小志玲之後？

啓程到夜市的路上，我的位置被安插在他們兩人之間。置身在他們兩人之間，我才更發現自己的渺小。一路上我的話很少，他們兩人仍照常鬧扯，隔著我。其實，我在中間不會是阻礙他們談天的絆腳石，因爲他們兩人都是高個子，而我像極了是他們帶去逛夜市的妹妹。

喔，眞討厭自己長不高。

到了夜市和大頭菜會合後，隊伍的位置又變換了。這下成了小志玲和哲漢，大頭菜和我，一前一後，兩兩一組。

「小矮人，今天怎麼沒有長高？」大頭菜打趣地看著我，臉上滿是訕笑。

對呀，我今天幹麼不長高？還穿了平底鞋，簡直更矮化了自己。望著哲漢他們登對的背影，我不禁嘆了一口氣。郎才女貌，我盡量不去想到這句可以拿來套用在他們身上的形容詞。

「大頭菜，你管我。」抬高下巴，我不客氣地瞪向他嚷嚷著。大頭菜的反應就是送給我一聲輕笑，然後看好戲一般地瞧著我，「他們兩個很登對吧？」大頭菜的話是疑問句也是肯定句。

「什麼？」我假裝沒聽見。他是我肚子裡的蛔蟲嗎？怎麼能如此準確地說出我心裡的獨白？

「妳從頭到尾目不轉睛地盯著他們兩個人的背影，不是在想他們登不登對，不然妳會是在想什麼?」他的表情很欠扁，搭上他超有自信的言論，簡直是欠扁加討厭。

雖然這菜神的話讓我作嘔，但不知道他有沒有發現我被戳破心事，臉上盡是寫著對他感到不可思議的敬佩。

好在夜市熱鬧的聲音，和兩組人馬前後的間距，在前方的小志玲與哲漢聽不到我和大頭菜的談話。不然場面眞的會很尷尬，尤其是對我而言。說逛夜市還好聽了一點，我擺明是跟在他們後面當狗仔隊，一舉一動都嚴密監控著。

「你很無聊耶!」我說，並且加強語氣。擺明不打算繼續這個話題。

走到臭豆腐攤，四人各點一份食用。餓鬼般的大頭菜又在同一家攤販點了蚵仔煎和炒麵。說是臭豆腐攤，但這家攤販簡直是綜合式營業。

等待大頭菜嗑他點的食物同時，哲漢提議要到對面的果汁攤上買喝的。他相當紳士地問了我和小志玲要喝什麼果汁，隨即起身去當跑腿。

「喂，姜哲漢，我要喝木瓜牛奶。」嘴裡還塞著炒麵的大頭菜口齒不清地吆喝著。

我面露嫌惡地盯著大頭菜，這傢伙可以再沒形象一點。小志玲則是很含蓄地笑著，彷彿對大頭菜的行爲早已司空見慣。過了沒幾秒，我才突然想起他們三人曾在國中時期同班三年，彼此之間肯定比我這突然進入的局外人了解得多。

「多少錢？」接過哲漢遞來的果汁，我隨即問。

「我請客。」結果人手一杯哲漢請的果汁，免費。

緊接著，我們四人又到下一家攤販，點了四碗藥燉排骨。期間大頭菜那個不消遣我就會死的老毛病又犯，直言不諱地要我再多點一碗藥燉排骨，看能不能補一補長身高，我的反應則是埋著頭拚命嗑藥燉排骨，想著涼拌大頭菜的步驟。

去玩彈珠台的路上，大頭菜點了一份烤魷魚，我點了一份地瓜球，哲漢和小志玲則各點一份鹹酥雞。我們用玩彈珠台得來的四人份彩票換了四個塑膠玩具，那是冰淇淋造型的彈跳玩具，冰淇淋球的地方用線連接著冰淇淋殼內部，只要按壓殼外的開關就能彈出冰淇淋球。總之，是個可以拿來攻擊人的玩具，但球部是用海綿製造，所以只是趣味性並不會對人造成傷害。

可想而知，拿到惡搞玩具的大頭菜有多興奮。他時不時就拿著那玩意兒偷襲我的後腦杓，直到我氣不過，拿著冰淇淋朝他臉上發射，他才停止偷襲我的幼稚舉動。這棵菜就是非得要我下馬威他才肯收斂一點，眞是人格偏差。

後來，我們又到套圈圈的攤販。花了五十塊，人手各抱一桶木質圈環，大戰眼前擺著的各式各樣物品，由小至大，有陶磁小擺飾、飲品、玩偶等等一大堆吸引小孩上門，誘惑喜好挑戰的人心甘情願地掏出錢玩上一局。

手氣不佳，即便我全神貫注想套中前排的陶瓷小物依然沒套中半個，不是差點套中，就是我的圈環會轉彎。一旁套中香檳的大頭菜高興得手足舞蹈，哲漢則是替小志玲套中用奶瓶裝的小熊娃娃，接著自己又套中了三瓶香檳和一瓶罐裝飲料。

一直到他們桶子裡的圈環淨空，而我還剩下三個圈環，還毫無所獲。

哲漢不知何時湊近我身旁，查看我懷中的桶子一眼，善解人意地問：「妳想要套什麼？」接著嘴角揚起一抹大男孩的可愛笑容，「我可以幫妳套套看喔。」自信滿滿。

既然他都開口了，我比了比最後頭的賤兔大玩偶，打算讓哲漢挑戰殺手級。一聽見我獅子大開口，哲漢先是面有難色地再三問我確定嗎？我給他的答案當然是肯定。接著哲漢像挑戰金氏世界紀錄般，屏氣凝神地承接這神聖任務。結果就是他又花了一桶套圈圈的錢，最後套中了賤兔給我。呃，是最容易套中的那種陶瓷賤兔。但拿到哲漢親手套給我的陶瓷賤兔，我的心情還是很興奮愉快。

之後，我們又去捧場好幾家遊戲攤子。大夥吃喝玩樂都過足癮後，才心滿意足地準備回程離開夜市。回程路上，夜市滿是萬頭鑽動的人群，比先前剛到的時候人數增加不少。夜市就是愈晚人潮愈多。不知不覺，大頭菜和我愈捱愈近，好幾次人潮將我和他們三人打散，我得繃緊神經緊緊跟隨，才能防止自己和他們走失。

在下一波人潮要將我和他們三人再度分散前，我看見小志玲很親暱地靠向哲漢耳邊說悄悄話，小志玲的下一個舉動，讓我足足怔住好幾秒，錯愕得直眨眼睛。想眨掉眼前的幻覺。令人難以置信的是，小志玲居然主動牽起了哲漢的手！我還來不及細看哲漢的反應，就被洶湧人潮掩住了視線。

當我恍神地走在人潮裡，我感覺不到自己來這趟夜市有什麼值得開心的，就算有什麼開心的事，現在也開心不起來了。驚見小志玲牽起哲漢的手瞬間，胸口頓時像是挨了一記悶拳，難受卻無處發洩。

「喂，小矮人，怎麼當跟屁蟲的？連當跟屁蟲也當不好。」大頭菜大概是特地回過頭來找我的，逮到我後，便像個嘮叨的媽媽叨唸個不停。「腿短就算了，走失了怎麼辦？」我不知道該生氣，還是該繼續爲小志玲和哲漢牽手的畫面傷心。

「走失又怎樣？我又不是三歲小孩。」最後，我還是選擇裝作若無其事。

「妳乾脆說走失沒關係，因爲妳記得回家的路。」大頭菜自以爲幽默地爲我下了這番註解。

我不想理他，繼續走我的路。

原本空蕩的手，突然間覆上了一層手心的溫熱。我先是盯著那一隻莫名覆上我掌心的手，接著慢動作般轉頭看向那隻手的主人，臉上盡是不解和不悅。

眉開眼笑，我想我應該可以這麼形容他的表情。

「你在幹麼？」我沒好口氣。

「沒幹麼。」他很欠扁地回答。

「快放開！」我不耐煩了。

「配合一下，這是在擁擠人潮裡預防走失的最好辦法。」他一臉無計可施，只好施出這一計的表情，我是該用力甩開他的手，或者踹他一腳以示警告，但看在他只是輕輕握上我的掌心，並不是逾越地想五指扣上我的指間，加上他提議的這個爛辦法，的確在夜市行得通，於是我放棄想甩開他手的念頭。

被大頭菜牽著越過一波波洶湧人潮的路上，我在想，當哲漢看見大頭菜牽起我的手，不知道他會不會也有心痛的感覺？

很可惜這念頭在半路就被我斬斷，我不想讓哲漢看見大頭菜牽我的手，更不想讓自己有罪惡感，我心裡喜歡的人是哲漢。脫離大頭菜的牽制後，我便將雙手牢牢插入口袋，不再讓大頭菜有機可趁，儘管這傢伙說那是預防走失的最佳辦法。

20

我一整個晚上都鬱鬱寡歡，一直到今早心情還是鬱悶。昨日小志玲牽起哲漢的畫面又浮現在我腦海。見了哲漢之後，有些疑問一直蠢蠢欲動地幾乎要從我嘴巴跑出來，像是我想問他，「你爲什麼要讓小志玲牽你的手？」或者，「爲什麼小志玲要牽你的手？」也許，我該乾脆一點問：「你們爲什麼要牽手？」

中場休息時間，哲漢來回往返長凳旁補充水分順道擦汗。好幾次，我有充分時間可以和他對上話，只消我大膽開口就可以解除心中困惑。可是我始終沒膽開口，而且我好像也沒那個資格那樣問。

「會不會很無聊？」在我不知道第幾次失神時，哲漢一屁股坐到我身旁。

「不、不會呀！」我尷尬地笑著，居然失神到讓他察覺。

「老是讓妳來陪……」他好像思索了一下用詞，覺得不太對又改口，「老是讓妳來看我打球，久了一定也會膩的吧？」他不太好意思地說。

他話一出口，我就靈光乍現，便學著他的語氣反問。「那……我常來看你打球，你也會膩嗎？」我狡猾地想，這問題正好可以試探他對我的感覺。

「爲什麼會膩？不會呀。」他很快地給了我答案，我深感滿足地對著他微笑，「眞巧，我的看法跟你一樣。」身高不登對，但我想我們的默契很登對。

哲漢表示，「有觀眾在一旁，會讓人打得更起勁更有動力。」

動力來源，我沾沾自喜地想，眞動聽。

「那……我也算是你打球的動力來源囉？」我壯大膽子，開著玩笑，內心好緊張。

「是啊！爲什麼不是？」他側著頭笑。

我萬般感動地看向他，內心激動萬分，只差沒站起來大聲歡呼，告訴全世界，姜哲漢的心又朝夏靖蘋前進一點了。

「是啊！當然是。」我迅速答腔，深怕這幸福的話題太早結束。

「我有沒有跟妳說過這次的校內籃球比賽得到……」收起笑容，他正經宣告。

「嗯？」我聚精會神地聆聽他即將公布的好消息。

「亞軍……」不知道是不是我倒抽一口氣的聲音太明顯，他朝我擠出牽強的笑。

「沒關係，你已經盡力了。」逕自搭上他肩膀，我給他一個寬慰的笑臉，「亞軍已經很厲害了。」我再一次強調，能得到前三名是相當了不起的事了。

「那，這個呢？」他拉開一旁黑色背包的拉鍊，從裡頭拿出獎盃，笑臉燦爛奪目。

「哇！獎盃耶！」親手拿著獎盃的感覺眞奇特，彷彿自己也沾上光。

「妳看紅色字體的地方。」他提醒著。

定睛一看獎盃名次，才發現上頭刻的是第一名。「哇！第一名！是第一名耶！」我興奮得猶如自己得獎般開心不已。我發誓這比自己得到海報比賽第二名還來得激動高興。「明明就第一名還騙我說什麼第二名。」嘟起嘴，我小小埋怨著。

「我話還沒說完，妳就急著安慰我，是亞軍旁邊的冠軍啦。」他調皮地澄清。

「少來，你是不是偷借別人的獎盃？」我故意找碴地說：「不然……這一切都是我的幻覺。」報一下他騙我的仇，應該沒關係吧。

「得到第一名是眞的啦！不是幻覺。」他急於說服我。看那張俊臉慌張的樣子，其實還挺有趣挺可愛的。

「那你給我捏你的臉一下，證明這一切不是幻覺。」爲了拉近身高的落差，我爬上長凳，躍躍欲試。

「不行啦！我臉上都是汗。」他退了一步，一臉難爲情。

「無所謂，我只要知道這是眞實還是幻覺。」打定主意要逗他。

「不好啦！我臉上眞的都是汗。」他比出要我停下來的動作，一臉警戒。

「我管你。」見他不從，趕緊從長凳上跳下，朝他步步逼近。

眼看我踮起腳尖就要往他的俊臉偷襲，「不要啦！」下一秒，他駕著飛毛腿跑走。

「不要跑。」我在他後頭死命追逐著，嘴裡還不忘嚷嚷，「姜哲漢，不要跑，站住！」我在想，我追著他跑的畫面，能不能算是追求計畫的行動之一？

也不管球場上是否還有打球的人，我和哲漢繞著籃球場追逐。也不知道是哪個環節出了錯，原本該是追他的我反倒讓他追著跑，搞到最後我跑得氣喘吁吁，連連尖叫，差點腿軟。

不記得花了多久時間才終止這場混亂的追逐戰，我只知道自己累癱了，呈大字型地癱坐在球場上，大口大口喘著氣。哲漢則是乾脆倒臥在球場上，邊笑邊喘氣。

「很喘吧？」他說。

「你很賊。」我回。

礙於還在喘氣中，我索性縮簡字句。

「不假了吧？」他用力撐起身體，看了我一眼。

「嗯。」我說：「沒有什麼比劇烈心跳更眞實的了。」

哲漢又在一旁咯咯地笑了起來。我索性也學他躺了下來，放任胸腔劇烈的起伏顫動，和他一起笑著。

不一會兒，內心重獲平靜，呼吸也轉爲順暢。哲漢率先撐起身體坐起來，我也跟著照做。原本笑嘻嘻的哲漢，這時臉上卻透露出有心事的模樣。

「過不久，要在校外舉辦全國高中籃球聯賽。」過了一會，哲漢才侃侃而談，「我們團隊也會參賽。」

「那很好啊，又離夢想近一點了。」我替他高興。

「只是要花更多時間練習籃球。」他說：「放學後，每天都會留在學校和團隊加強練習。」

「本來就該這樣的不是嗎？」總覺得困擾哲漢的不會是這個問題，就算練習再辛苦也不會是令哲漢心煩的癥結。

「孫慈向我告白了。」來了，這才是困擾哲漢的最大源頭。

「她很漂亮。」儘管腦中有千頭萬緒令人難過的想法，抓出來的卻是一句不相干的話。在這個節骨眼我還能誇獎情敵，喔，我還眞了不起、眞大方。

「一旦開始集訓，我就沒辦法好好陪她。」他煩悶地說。

原來這才是問題的眞正核心。傻瓜都知道，這表示哲漢喜歡小志玲。

不知道被沙子吹到眼睛而流淚的謊言還管不管用，如果不是電視劇上演太多次這種戲碼，我是有難過到想即刻宣洩的衝動，不過我猜在家裡關起門來哭會更好。

「你答應了嗎？」我試著不讓自己聲音聽起來像因爲緊張而顫抖。

「沒有。」他神情難掩沮喪地說，我卻很卑鄙地鬆了一大口氣，甚至有一種烏雲散去希望到來的感受。

「也許，你應該先打好球，什麼事都先不要管。」對不起了，小志玲。我的頭上並沒有小天使的光環，沒那麼好心。

「嗯。」他神情難過地點頭，試著對我扯出一抹笑，最後因爲太過勉強而放棄。

「不然，等你打完全國高中籃球聯賽，再去找她。」找她幹麼？好好談一談？表白？發展戀情？開始約會？喔，眞是爛主意！再看見他難受的表情後，這番違心之論卻從我嘴巴溜出來。

我不是腦袋有問題，就是瞬間被小天使附身。

「妳說得對。」哲漢站起身來，容光煥發，彷彿前一刻黯然神傷的人不是他。

我是很高興他恢復元氣，可是我怎麼有種烏雲又要朝我聚攏的錯覺，抬頭望天，明明就是晴朗的好天氣。試圖驅走盤旋在腦海裡的不吉祥念頭，我在地板上多坐了一些時間，直到一雙友善的手要拉我起來。

「謝謝。」在哲漢拉我起來同時，我心想手牽手又怎樣，哲漢的雙手我都牽到了，雖然只是一瞬間，卻消除了前一日一直糾纏我的疙瘩。

「對了，我可以跟妳要手機號碼嗎？」哲漢突然沒來由地冒出這句話。

「手、手機號碼？」我因爲哲漢突如其來的要求感到太過興奮，一時結巴。

「我們好像還沒有交換過電話號碼。」他說。

「對啊。」老兄，我夢寐以求想得到你的手機號碼。你不給我，我也不好意思要。

互相輸入對方電話號碼後，我痴痴望著哲漢的門號在竊喜。腦中想的全是他什麼時候會打來，或是什麼時候會傳簡訊給我。也許，在他忙著練球休息的空檔，可以打電話或傳簡訊跟我抱怨他很累卻很有成就感。再不然也可以和我聊些心事，就像今天一樣，他肯透露煩惱的事給我聽，而我絕對會是最佳的傾聽者，雖然我今天出的餿主意，我本身不怎麼贊同欣賞。

還有一件事我沒有說給哲漢聽，那就是當哲漢打算打完球賽去找小志玲表白時，我夏靖蘋，會先向他姜哲漢告白，就這樣。

21

不久後，哲漢的球隊開始進行一連串密集訓練，期間我能和他碰上面的機會驟然遞減，正確來說是兩三個星期才偶然碰上一次面，而短暫會面也只是眼神匆匆交流和禮貌的幾句問候。

雖然很想站在場邊替哲漢加油打氣，但還是考慮到不該讓哲漢分心，尤其這次是全國性的高中籃球聯賽，一聽就知道多麼隆重而且專業。於是我換湯不換藥，改換每天傳簡訊替哲漢精神喊話。

就這樣，靠發送簡訊填補內心空虛，和倚賴電腦桌布上哲漢與我的合照餵養內心思念（那是唯一一張哲漢和我的合照，可惜的是兩人表情都很呆滯，中間還隔了一個空位的距離，不過不打緊，有間距的地方，我用小畫家繪上愛心圖案了。）藉著簡訊和照片捱過兩個多月不能在旁陪伴哲漢練球的惆悵。

在哲漢準備到高雄體育館比賽的前一天，他把我叫了出來，約在我們假日常碰面的籃球場。

「嗨，好久不見。」我說，內心難掩思念被救贖的激動。

「嗨，好久不見。」他說，一貫的笑容，一貫令我陶醉的臉龐。

「完全準備好了嗎？」他示意我坐在長凳上時，我問起。

「差不多了。」他謙虛地答，臉上卻有十足的把握。

「第一百零二次的加油打氣。」我朝他比著加油的動作，他回我一抹心知肚明的笑容，我同時遞給他裝有肌樂和痠痛貼布的塑膠袋。「這個，是獎勵你的禮物。」

他往袋內瞄了一眼，「肌樂和痠痛貼布？」似乎很驚訝我為他精心準備的禮物。

「我想你應該很需要。」兩個多月沒好好看著哲漢，他好像瘦了一些，皮膚也黝黑了些，全身散發出一股陽光男孩般的健康氣息。

「謝謝。」他不好意思地笑著，臉上還透露著些微感動。

「喔，還有……」拿出另一個裝著壽司和三明治的塑膠袋。「我想你應該也會想回味一下壽司和三明治的味道。」我把這兩個多月的思念化為行動，一併傳遞給他。只是不曉得哲漢是否接收得到「夏靖蘋喜歡姜哲漢」這樣的訊息。

「太棒了，我前幾天還在想念妳做的東西，沒想到今天可以吃到，真好。」他滔滔不絕地說，神情愉悅得像個幸福的孩子一樣。

「眞的嗎？那你就多吃一點。」當他說想念我做的東西那一刻，幸福彷彿將我悄悄圍繞，輕輕捧上天。我喜歡他說出想念我的任何一個字眼，那樣的句子會讓我飄飄然的，感覺幸福離我很近，近到只要伸出手就能獲取。

「我也有個禮物要送妳。」在我埋頭幫他打開盒蓋的同時，他表示。

「我也有禮物嗎？」我目瞪口呆地望著他，內心激動萬分。

那是一頂帽身鑲著金色泰迪熊圖案的粉色棒球帽，給女生戴再適合不過了。「喜歡嗎？」他開心地露出潔白牙齒，等待我的反應。

「我好喜歡。」有好幾秒，因爲這個禮物，我心臟不停狂跳。「很可愛，謝謝你的禮物。」不過，他怎麼會想到要送我帽子？

「這樣就不怕陽光曬了。」謎底揭曉，內心又是一陣莫名感動。

「好看嗎？」我把帽子戴在頭上，喜悅全寫在臉上。

「很好看，跟我想的一樣適合。」我又笑得更燦爛了。

「快吃吧。」我提醒著。

「那，我開動囉。」拿起三明治大快朵頤的哲漢，帶著笑，滿足地咀嚼口中食物。

「可惜，這麼重要的比賽，我不能到現場幫你加油。」遞給哲漢飲料的同時，我遺憾地提起。舉辦的地點太遠，再加上要上課根本走不開。

「謝謝。」他把飲料擱在一旁，笑著說：「沒關係啊，不用特地大老遠從北部跑到高雄去看我打球，而且妳又沒有專車接送，會很麻煩也會很累，我去高雄比賽的六天，妳只要耐心等待我的好消息就夠了。」他幫我找了一個既貼心又合理的藉口，好讓我有台階下，還是那種下了一點罪惡感也沒有的台階。

「那好，我會在這邊用心幫你祈禱得獎。」內心盤算著不如找虔誠的老媽到廟裡拜拜，順便幫哲漢祈福。

「這樣就夠了。」他壓低我的帽簷，笑著。「比賽完之後，要我教妳打球嗎？」他看著我，突然這麼提議。

「教我打球嗎？」我呆呆地張嘴困惑。

「我看妳好像對籃球很有興趣。」

我不是對籃球有興趣，而是對你有興趣，我在內心補上這句。

「而且妳好像也喜歡看籃球比賽。」

他這句話有瑕疵，正確來說，應該是我喜歡看他打籃球，而不是我本身真的熱愛看籃球比賽。

爲了不辜負哲漢的好意，我勉強把那兩句心中的獨白吞進肚裡。試著從腦袋搜尋出比較柔軟婉轉的話語來婉拒他的滿腔熱情。

「我這種身高……連把球投進籃框都很費力。」我坦白說。

「身高不是問題。」他說這句話時，我眼睛都發亮了。如果他是指選擇女友的條件，那樣我會非常非常高興。

「可是我對運動一向很不內行。」每次體育成績老是低空飛過，有驚無險。

「就把它當作休閒運動，而且打球可以長高喔。」他小心翼翼提到長高那兩個字，似乎怕傷到我自尊心一樣。

「現在想長高還來得及嗎？」喔，這讓我想到馨慧要我重新投胎才能往上發展的屁話。

「呃……我是不知道來不來得及，不過可以試一試。」他躊躇地回答。

「那，好啊，等你打完球賽再教我打球。」反正只要是哲漢提出來的建議，我都願意試試看。

「好啊，那有什麼問題。」他爽快允諾。

「等你打完球賽，我就去你家找你。」

「找我？」他帶著困惑的神情望向我，下一秒，他又不以爲意地把問題收回去。

「好啊，隨時歡迎。」他又塞了一塊壽司到嘴裡，滿足地說。

等你打完球賽，我就去找你……告白。

我在想，當時我沒說出那兩個關鍵字，應該算驚喜嗎？

22

告白是人生中的大事，尤其是對我這種新手來說。這是我活了十七個年頭，第一次有這麼大膽的行動。

爲此大事，馨慧還大方出借她最近新買的一雙高跟鞋，讓我更有信心。

向喜歡的男生告白，我對著鏡子喃喃自語著，每說一次，心臟就快一拍。

調整身上穿的毛料連身洋裝，胸前有可愛蝴蝶結的那種，「讓妳甜美中帶著自然的性感」，就是這個說詞，說服我立刻在網上訂購。沒錯，我把自己當作禮物送給哲漢，當然告白就是這驚喜的重頭戲所在。

只是不曉得哲漢喜不喜歡我這個禮物，收不收我這個眞心無價的驚喜。

昨夜我徹夜難眠，全都歸咎於今天我就要勇敢踏出告白這步。昨天一整晚，我躺在床上想著該如何跟哲漢啓齒說我喜歡他。我想了三種方法：

方法一、寫文情並茂的情書告訴他（可惜我不是作家，不擅書寫這樣的信）。

方法二、用肢體語言告訴他，例如，衝上前去親他臉頰（我想這大概會嚇壞他）。

方法三、請朋友充當月老告訴他（雖然很省事，但誠意零分）。

結果這三種方法自然被丟到一般垃圾桶還不得資源回收。

就算網路資訊發達，告白一詞搜尋到都快爛掉，到頭來我還是找不出適合自己告白的方式。雖然告白方法千奇百怪又趣味橫生，但我從中領悟出，只要有一顆眞誠的心，不用特地去想該怎麼告白，更不用花大錢收買愛情，而只要把眞正的心意向對方說出來，那樣就是眞正告白的意義了。

雖然我毫無經驗，也不知道該怎麼告白成功機率比較大，但我知道告白第一步就是要盛裝打扮，把自己弄得美美的，最好美到姜哲漢會誤以爲我是他的女神，然後換他反過來迷戀我。喔，如果能那樣順利更好。

紮起馬尾，套上雪靴，出門到哲漢家前，我已經做好心理建設。無論成功或失敗，我都要據實以告自己有多麼喜歡他——即使事後回想起來，當時的自己有多麼可笑，我還是決定要把愛說出來。因爲我早說了，我打從第一眼就對他有好感，那不是一般般的好感，而是像丈母娘看女婿愈看愈有趣、愈看愈滿意、愈看愈對味那種超乎想像心蕩神迷的好感。

況且和哲漢這一陣子相處下來，發現他是一個很不錯的男生。他是一個有夢想、有想法，會爲了目標而不斷努力的勤奮男孩，也是一個會對朋友表達友善關懷的貼心男孩。當初就是因爲他的舉手之勞致使我喜歡上他，然後發下豪語要展開追求計畫。

爲了告白這一件人生中的大事，我很高興地做了一些努力，包括當上哲漢的朋友，無條件當他的最佳球迷，獻殷勤地展現手藝（雖然只是準備材料把東西塞進飯或土司裡）但我還是必須替自己聲明，作法雖然簡易，誠意是無可比擬的。

在做了這些努力之後，我才敢大聲說自己有多喜歡姜哲漢，因爲每一次的用心就是一份愛的證明。

然後呢？然後我要去告白。

威風凜凜地站在哲漢家門前，手卻遲遲無法對著電鈴按下去。

我的媽呀，超恐怖超緊張的。我是眞的眞的要跟哲漢告白？就在待會門一開之後。

誰料想得到說的比做的容易。

結果我就這麼在哲漢家門前不斷來回踱步，想著門鈴一按、門一開，哲漢就站在我面前，我第一句話又該怎麼起頭？

「嗨，我喜歡你很久了。」

不行，太害羞了。

「喔，我單身很久了。」

太模棱兩可，而且哲漢應該也聽不大懂。

「老兄，我們交往吧。」

好像太man。

「哈囉！I like you.」

聽起來沒有fu。

那，「I love you？」

到底是不是台灣人啊？講國語啦！

「哲漢，你願意嗎？」

願意什麼鬼啊？

算了，放棄演練。

在外頭躊躇愈久，內心就愈加煎熬愈加折磨。

乾脆眼一閉，心一橫。

叮咚！叮咚！叮咚！我連按了三次門鈴。

門開了，是哲漢來應門。

當哲漢站在我眼前，我感覺自己就要因下一秒的告白行動而暈眩。

「要進來坐嗎？」揚起笑靨的哲漢熱情地招呼我進門。

「沒關係，等會兒我就要走了。」雖然我一直提醒自己要放輕鬆，不要緊張，但臉頰卻因為過度用力而顯得僵硬緊繃。「呃……我有話要跟你說，說完我就回家。」我笑，顯然很不自然。

「怎麼了？」彷彿感受到我的態度謹慎，哲漢也一臉認真。

當周遭的聲音靜止，彷彿全世界只等著我真情告白，那樣的感覺其實很可怕，而且我緊張到膝蓋要發軟了。

「那個……」奇怪，聲音怎麼緊張到沙啞啦。

「嗯？」他愈是好奇地看著我，我愈是忐忑愈是緊張。

「那個……」完了，我腦袋一片空白。

「發生什麼事了嗎？」這下換他焦慮起來了。

喔，拜託勇敢一點說出來。好不容易鼓起勇氣，不要臨陣退縮變成懦夫啊。

說啊！說妳有多喜歡他！

「哲漢……我……我……喜……」艱澀地要吐出完整句子，卻又如此困難。哲漢表情困惑，望著我，不急著催促，反而耐心等待我把話說完。「我喜歡……」我盯著他，侷促不安地唸道。

「哲漢，你在和誰說話啊？」

幾乎在同一時間，我聽到屋內傳出一道女聲。

本能反應地由門縫往屋內瞧去，待我看清屋內那抹纖瘦身影，一股不妙的感覺迅速竄流全身。

是小志玲。她怎麼會在哲漢家？

23

小志玲出現在哲漢家，真的把我給嚇了一大跳。哲漢是說過打完球賽後要去找小志玲，但我沒料到哲漢的手腳那麼快，快到令我傻眼。

而這要命的建議居然還是我提議的！

諷刺啊。

「嗨，小靖，好久不見。」站在哲漢身旁的小志玲甜甜地對我問候。

這場景，他們倆並肩站在門內，而我呆愣在門外，猶如他們是一家幸福的男主人和女主人，而我只是一個站在門外的局外人。

「好久不見。」我試著對她笑，顯然不自在。

哲漢表白了嗎？我無從得知。不過我就是知道，知道當一對戀人在一起，身上會隱隱約約散發出一股「我們在一起了」的味道。那不是異味，而是戀情發酵的味道。

我的猜測是對的嗎？

喔，我不願多想。

「對了，妳剛剛想跟我說什麼話？」哲漢提醒我話說到一半，沒有結束。

此時，他們兩人四隻眼睛盯著我，彷彿對我未完的話感到極度好奇。

結果，我說：「恭喜你們球隊在全國籃球比賽拿到第三名。」心口不一啊。

小志玲在一旁，含情脈脈地看著哲漢微笑，儼然像個爲自己男友感到驕傲的賢慧女孩。

「呵，謝啦。」他帶著一貫的笑容說：「爲了慶祝比賽得名，明天大夥要在我家開派對，小靖一起來參加吧。」

「喔，好。」我一向很難拒絕哲漢的邀請，即使我最不想看到哲漢和小志玲在一起的畫面。

那畫面，眞是讓我心痛。

「還有……那個，謝謝妳，小靖。」哲漢突然像個害羞的小男孩，我一臉不解他爲何要突然向我道謝，他表情靦腆地看著我宣布，「多虧妳，我們兩個在一起了。」

這席話，像拉開保險絲的手榴彈，朝我丟擲而來。

不但炸碎了我的心，還一併粉碎了我的希望。

然後呢？然後我費盡好大的力氣，才從嘴裡吐出不客氣這三字。

之後，他們倆邀請我進屋和他們一同觀賞DVD，我回絕了。

正帶著巨大的失落和沮喪離開哲漢家，連腳步都益發沉重。公園裡，孩童快樂追逐的聲音，鳥兒在枝頭高唱的美妙嗓音，籃球場傳來的愉悅聲響，這些活力和快樂彷彿都與我無關，我連會心一笑的動力也沒了。

乘興而來敗興而歸，傻瓜啊。

當小天使提餿主意，報應啊。

我並不是眞正要回家，而是漫無目標地走著，只管走著，走到眼眶感到一陣濕熱，「我們在一起了」這猶如催淚彈的六個字，讓我理智喪失，隨時能崩潰。

最後，我撥了電話給馨慧。

「馨慧，我失戀了……」一開口，眼淚就沿著臉頰撲簌簌地掉。

從頭到尾就只有馨慧知道我喜歡哲漢，雖然一開始她不表贊同，但後來她還是站在我這邊給予支持。現下能理解我感受的人也只有馨慧一個人了。

「什麼？等等等等，妳說妳失戀了？」電話那頭的她驚訝地嚷嚷著。

「嗯。」我開始啜泣。

「他……拒絕妳了？」

我搖頭，但又想到馨慧看不到，才趕緊說：「還沒。」

「那，是他交女朋友了？」馨慧猜。

我擤了一下鼻涕，抽抽噎噎地說：「今天……我本來要去他家找他告白……然後他跟我說多虧我……所以他和孫慈在一起了。」

「什麼東西啊？」她有聽沒懂。

「我都還沒有告白……我精心準備了這麼久……妳知道我眞的……眞的很喜歡善哲漢……」一股腦地只管發洩自己的情緒，壓根沒想到一端的馨慧會有多擔心。

「那就去告白啊！」電話那頭，馨慧說得鏗鏘有力。

「他們都在一起了。」我惋惜。

大勢已定，告白還有用嗎？

「妳阿呆喔！就算他們在一起又怎樣？又不是已經死會結婚了！」她罵我。

「可是……」我猶豫，人生頭一次要告白，就遇到這種突發狀況，難免手足無措顧慮得比較多。

「沒有可是！喜歡一個人又不犯法。再說，告白的眞正意義，不就是要把自己心裡的話老老實實告訴那個妳在意的人嗎？」馨慧曉以大義。

她這番話突然點醒了我，我眼淚倏然停止，內心的五味雜陳彷彿得到安撫。

是啊，我不該忘了告白的初衷，就是無論結果如何，都要把話說出來。

沒幾分鐘，我再度站在哲漢家門口。這次我不只是多了勇氣，還多了坦然的決心。

來應門的哲漢一臉訝異，「忘了什麼事嗎？」

我往屋內看去，小志玲不在客廳。

坦白的好時機。

「我還有一件事要跟你說。」神情幾乎肅穆。

「什麼事？」哲漢被我正經八百的模樣逗笑了，突然輕輕地笑了起來。

「我喜歡你。」

告白猶如一道巨浪，不僅打亂我的心跳，也徹底打散哲漢臉上的笑意。

倏地，有一陣很尷尬的沉默，無聲無息地蔓延在我們四周，那樣的尷尬氣氛，就連路過的流浪狗，也懂得加快腳步迅速逃離。

哲漢花了一些時間，才從最初的震驚中恢復過來。「啊？」

「我從第一眼就喜歡上你了，如果你還記得我們相遇的那一天。」我看著他，一臉戰士視死如歸的表情，決心把對他的喜歡全都抖開來，不管之後他會怎麼看我。「也就是你幫我撿回衛生棉那天，我就開始喜歡你了，一直到現在。我知道自己不夠高，也不夠漂亮，根本不是你喜歡的女孩類型。而你是一個很好的男生，不但對朋友好，也對我很好。充滿抱負，又會打籃球。我是說……你這個人，總是能吸引我不斷地注意你，甚至接近你，當你的朋友。其實我今天來找你，是要跟你告白，我知道，我知道你們在一起了，但我還是想告訴你，我喜歡你。」

當我講完這一長串真情流露的告白，我很想立刻假裝暈倒或逃離現場，這樣我就不用看到哲漢他那滿是驚訝的內疚神情，一副欲言又止的模樣，彷彿隨時能脫口而出「對不起」這三個字來傷透人心。

但，我感謝他沒這麼說出口。

不然我一定當場難過到落淚。

24

哲漢的派對我沒有去。即使我身在距離哲漢家不遠的公園，卻始終無法到他家去感染快樂氣氛。

現在的心情不適合，而我也無法假裝昨日的告白全是一場夢。馨慧說我這是過度時期，再過一陣子就能釋懷，一切都會恢復正常。

幾經考量後，我決定不那麼快和哲漢見面。爲了不觸景傷情，也爲了讓昨日尷尬氣氛能多一些時間緩衝。

戴著哲漢送我的帽子，索性在公園待了下來，坐在角落的石凳上，進行旁人無法了解的自我療傷。閉上眼，仰頭讓臉和身體吸取大量的太陽光，以爲身體暖和起來，心也會跟著漸漸好轉，可惜外在的溫暖依然無法傳遞到內心，我苦笑著。

沒打算要回家，只是一直放空自己，望遠方、望地板、望公園裡的花草樹木、望穿著溜冰鞋滑行的小鬼頭、望石凳上一對白頭偕老的老夫老妻在閒談。難以想像我在公園虛擲時間，是爲了感嘆和悲傷。

手機響了，是哲漢打來的，我沒有接，只是傻傻看著手機震動著。

現在腦袋一片空白，不適合接電話。結果手機停了，失落感卻悄悄降臨。

良久，手機又響了，不過這一次是我不熟悉的號碼。不打算接，我把手機收回口袋。

「喂，小矮人。」心思渙散間，我好像聽到遠方傳來熟悉的聲音。

左顧右盼地端詳附近，正想確定自己是不是兩天睡眠不足而產生幻聽。

「這邊啦！」從我背後冒出來的大頭菜，不意外把我嚇了一跳。

「你在這裡幹麼？」我沒好氣地瞪著他，神出鬼沒喔。

「公園那麼小，路過看到妳怪我喔！我才想問妳在這裡幹麼呢！」他看著我，眼神摻雜著不解和好奇，「幹麼不接電話？」

「曬太陽啊。」我心不在焉地回答。接著立刻聯想到那通沒看過的手機號碼是……

我詫異地瞪著他，「為什麼有我的手機號碼？」我記得自己沒留給他啊。

「既然要曬太陽，妳又戴帽子幹麼？」他的一句話，立刻攪亂我的思緒。

是啊！我以為戴著哲漢送我的帽子，我就會重拾信心，安慰自己他是喜歡我的。哲漢因為喜歡我，所以才會送禮物給我。

可是，那僅僅是出於朋友的喜歡啊。

「你問題那麼多幹麼？」我最後說，想打消他找我繼續攀談的念頭。

「派對都已經開始了，妳怎麼還不去？」

很聰明，他索性切入正題。

「那你自己呢？」眞想起身就離開，可是這傢伙哪裡不站偏要站在我前方，分明擋住我的去路。

「零食和飲料不夠，我出來跑腿的。」

「我看是你自己遲到，才會被叫去跑腿的吧！」

心情不佳，有個人來出氣剛好。

「哇，知我者莫若小矮人耶。」

國小和他同班兩年，他遲到的輝煌紀錄可是全校有名。

「別再叫我小矮人。」這會讓我想到自己條件不如人，無法擄獲哲漢的心。

「好啦，小矮人，我現在要去採購，要不要跟我一起去？」

「沒空，我要回家了。」跟他說話簡直對牛彈琴，都要他別再叫那令我挫敗的暱稱了，他還是照叫不誤，眞可惡。

「沒空妳就不會在這邊餵蚊子了啦。」他毫無預警地一把拉起我的手，像牽個孩童一樣。「走，我們採購去。」

「幹麼啊蔡志勳？」三番兩次牽我的手，他是變態嗎？

「這一次是怕有人逃走啦！」他話語輕快地解釋。

「自己去買啦！」我用力地要把手抽離，哪知道他牽得更緊。

「這次買的東西不少，幫忙拿一下啦！」他溫和地勸說，壓根不理會我臉上的不耐與厭惡。

男生的力氣好大，真搞不清上回夜市那次我是怎麼脫身的。無計可施，我只好妥協，陪著他去賣場採購了兩大袋零食和兩大袋飲品。

他把最輕的零嘴類交給我拿，自己則扛著兩大袋沉甸甸的飲料，是該說他有良心嗎？

25

最不想去的派對我還是去了，推手則是我後頭那個既愛嘻皮笑臉又頑強霸道的傢伙。在公園被他逮到，算我倒楣。

但我又不能直接跟他表態我剛失戀，不能去見害我失戀的人。結果我還是硬著頭皮來了，全拜大頭菜的雞婆所賜。

「妳來啦。」哲漢對我笑，我本來也該笑回去，如果不是帶著笑的哲漢臉上歉意如此明顯的話，也許我可以這麼做，一如往常輕易地對他綻開笑容。

「哇，小靖，妳今天戴的帽子好可愛喔。」小志玲加入，一臉讚賞。「妳去哪裡買的？眞的很好看。」

「喔，這個……」我下意識地把帽子摘下，懊惱自己怎麼忘了要把帽子藏好。既敏感又尷尬的時機，我卻帶著哲漢送給我的禮物，這樣他會怎麼想我？是要讓他良心不安，提醒他送這頂帽子是因爲我支持他的夢想，而我以爲這頂帽子是因愛而來，然後我還戴著它，是因爲我還喜歡他。看了哲漢一眼，又看向小志玲，嘴角撐起微笑，我說：

「我可以幫妳買。」心裡卻已有另外打算。

「眞的嗎？那太棒了！」小志玲開心表示後，招呼過我，又忙著跟哲漢的隊友打交道。有一個漂亮女友眞好，有面子又能讓朋友羨慕。待在原地，原本還想對我開口說話的哲漢這時突然被隊友叫去，匆忙間，他只給了我一個無可奈何的表情，示意我稍等他一下。

大約有將近二十個人聚集在客廳，有些或坐或站，沒坐到沙發的乾脆坐在地板上，一手飲料，一手零嘴，暢聊著當天打球的事蹟。

哲漢的球隊隊友，我一個都不認識，除了曾一同在哲漢家烤過肉和唱過歌的甲乙兩女、甲乙兩男、小志玲和大頭菜，其他人我一概不熟。

說過了，今天的心情不適合和聒噪爲伴，於是我退到客廳一隅，安靜地盯著落地窗發呆，想找個適當時機離開這裡。但在離開前，我必須先跟哲漢搭上話。於是，趁哲漢還沒被眾人一人一句包圍的空檔，我揮手要哲漢過來。

「屋裡好熱鬧。」我示意他到大門口。遲疑了幾秒，看向他，調整心情，開朗地說：「要繼續加油喔！未來的籃球明星。」

「我會的，謝謝。」只有在這個時候，他的笑容才不帶一絲內疚。

「我們……還是朋友嗎?」像是出於本能,害怕昨天的告白會搞砸我們的友誼,我不安地問。

「幹麼這樣問?我們當然還是朋友啊。」他不解地笑著,這抹笑,化解了我的顧慮。

如果當不成戀人,至少我讓自己退回好朋友的位置,沒有尷尬,沒有傷心。沒有所謂的期待就不會有所謂的難過,我這麼告訴自己。

「那就好。」我給他一個寬慰的笑容。「對了,我有一個東西應該要交還給你。」我把帽子遞到哲漢手上。

他遲疑了幾秒,才說:「這不是我送給妳的帽子嗎?」對於我歸還給他帽子的動作,哲漢好像有些不解。

「我想孫慈比我更適合,而且她好像很喜歡這頂帽子。」有時候我在想,自己爲何不自私一點,乾脆大方說這頂帽子是哲漢送給我的,何必管小志玲是不是有可能會錯意,對哲漢產生誤解,導致兩人感情生變,那應該是我樂於見到的。

可是我沒有,也不想。

他一臉好奇地看著我。「剛剛爲什麼不直接說這頂帽子是我送給妳的?」

「爲什麼要說？」我看著他反問，緊接著好心提醒。「會讓女生誤解的話還是少說爲妙。」

「是嗎？」他先是詫異地揚起眉，接著似乎因爲我的貼心微笑起來，「妳想得眞周到。」

「漂亮的女生嘛，在大太陽下需要注意防曬，才不會曬傷皮膚。再說以後孫慈就是你的最佳粉絲，所以轉送給她也沒什麼不對啊，是不是？」我假笑，爛好人一個。

況且以後我也沒機會再看哲漢打球了吧！人家都已經有女朋友了，不需要再有我這個電燈泡粉絲爲他加油了。約好要教我打球一事大概也沒辦法兌現了。似乎已經沒有任何理由可以說服我將那頂帽子留下，甚至戴上它。

是啊，歸還的好，與其讓帽子在家積灰塵，觸景傷情，倒不如送給跟我一樣喜愛這頂帽子的小志玲。即便她是情敵，但戰敗的我沒道理就此厭惡人家。我得承認他們很登對，雖然我現在還無法眞心祝福他們。

26

在我走出哲漢家大門不久後，「喂，小矮人，等我。」大頭菜跟著追出來。

「有事嗎？」我回頭看他，一臉不耐。

「一起走啊。」他很理所當然地說著，完全沒把我對他的厭煩看在眼裡。

皺起眉，我詫異地盯著他，「我們順路嗎？」擺明不想讓他跟來的語氣。

「有沒有順路有關係嗎？」他皮皮地回我。

「你高興就好。」我已經學會不跟這傢伙爭辯的美德，對牛彈琴，吃力又不討好。

反正回家的路程，我只要不跟他講話，他一個人也沒戲唱。

「我記得妳國小的時候，又乾又扁又矮小，皮膚還有一點黑，可是沒想到上了高中之後……」這時，大頭菜翻起了回憶錄。他看了我的側臉一眼，通常以爲這樣的詞彙接下去就是誇獎的話，沒想到他居然說：「大部分都改善了，除了身高。」他燦笑，我差一點沒被他的話給絆倒。

這算褒還是貶？

「大白痴！」我低語著，加快腳步，最後乾脆跑了起來，打算把那棵菜遠遠地拋在腦後。

他兩三下就追到我，我氣惱，放慢腳步。

「喂，妳有男朋友嗎？」

又想消遣我了？

「有沒有都不干你的事。」討厭鬼！

「如果沒有，我可以幫妳介紹男朋友喔。」他好心提議。

「不用了，你想辦法自己找個女朋友還差不多。」這麼聒噪又囉嗦的男生，肯定是還沒交到女朋友，否則不會閒到來消遣國小同學的身高。

「那妳來當我的女朋友啊。」他說。

「……啊？」我打住腳步，一臉震驚，他則面不改色地衝著我笑。

「這提議怎麼樣？不錯吧！」他這句話如同巴掌把我給甩醒。

「少無聊了你！」我差一點就忘了他這個人從小就有喜歡開人玩笑的壞習慣。

「我是認眞的！」他突然擋在我前方，試著表現誠懇的一面給我看。

「別開玩笑了……」我閃過他的身子，逕自向前走。

「喂，我國小時暗戀過妳。」

他這句話又逼得我打住腳步，匪夷所思地瞅著他，「說太多謊，很難圓回來喔！」

我勸他向善。

「幹麼不相信我？」他難以置信。

「把我嫌成那樣，又說暗戀過我，誰會相信啊！」騙我沒被他騙過。

再說，國小同班時他欺負我的林林總總大小事，我可是一個都沒忘，包括從我餐盤上搶走我最心愛的雞腿。這叫做當時暗戀我的表現嗎？別糊弄我了！

「好，我會證明給妳看。」他最後乾脆在我面前起誓。

「隨你便。」我打定他變不出什麼把戲，要人也該有個底限。

「在這之前，先跟我去個地方。」

過沒幾分鐘，他拉著我到一家便當店。

「來這裡幹麼？還不到吃飯的時間。」才下午三點。

剛剛那一臉嚴肅的表情要我跟他走，就是爲了帶我來這裡？

「新開幕，促銷活動，買一送一。」他眼睛發亮，「就連雞腿飯也是買一送一。」

「眞的？」有這麼好康的事情？

大頭菜跟我各買了雞腿飯，可惜這促銷規定一個人只能買一次雞腿飯，不然我還眞想多帶兩份雞腿回家，供我們一家四口吃。

買完便當，大頭菜突然把裝著兩盒雞腿飯的塑膠袋遞給我。「給妳。」

「給我幹麼？」我困惑，我是想要再多兩盒雞腿飯沒錯，可是他把雞腿飯送給我的舉動，讓我很詫異也很意外。會偷吃人家雞腿的傢伙，居然會割愛把雞腿送給別人？

「抱歉……我以前搶了妳最愛的雞腿，害妳哭得稀里嘩啦的。」

遲來的道歉，讓我一陣愕然，卻也頓時笑開了。想到小時候居然會爲了雞腿被搶而哭，當時的夏靖蘋眞幼稚也眞糗。

「算了，知道愧疚就好，現在道歉也不遲啦！」彷彿怕他反悔似的，我馬上把那兩盒雞腿收下，藏在背後。

「喂，我說我國小暗戀妳是眞的……」又來了！他這席話在路上不知道講了多少遍了，我又不是患了失憶症，需要這樣一直提醒我嗎？

「你就沒有別的話講了嗎？」姓盧嗎他？盧先生。

他突然靜默了幾秒，神情凝重地看向我，令我沒來由地不安。

「我想追妳可以嗎？」他終究是講出令我啞口無言的話了……

他是換了句話講沒錯，不過這句話眞是聳動。

27

答應？我怎麼可能答應……

自從大頭菜表明想追我後，他的確表現得像個敬業的追求者，電話照三餐打，我不接，他還會改傳簡訊。

簡訊的內容如出一轍，都是些寒暄的語句。例如「早晨是一天活力的開始，要記得吃早餐喔，小矮人」、「吃飽了嗎？要多吃一點才能長高喔，小矮人」、「睡了嗎？晚安，有個好夢囉，小矮人」三句不離小矮人，好像我眞的跟七矮人一般矮，可惡！我把簡訊刪掉。

不曉得他腦袋哪根神經燒壞掉，還居然眞的對我展開猛烈追求。雖然，有人追多少感覺自己有點行情。可是我……對大頭菜沒感覺呀。我喜歡的人是哲漢啊，儘管哲漢如今已經名草有主，我還是無法克制自己的內心，要放棄，不去喜歡哲漢談何容易。

站在走廊的氣窗旁，我朝著籃球場的方向望。在團隊練習中，有一個攫取我目光的身影。一頭蓬鬆短髮在場上隨風飄揚，籃球在他手中有節奏地律動著，我的心跳彷彿也爲他跳動。我依舊狂熱地喜歡他，喜歡他這個像風一樣的男孩，把球不費吹灰之力地送進籃框裡，就像他毫不費力讓我喜歡上他。

只是，這樣的喜歡，得不到他的回應。

告白失敗後並沒有換來什麼大改變，有也只是對哲漢的喜歡由高調轉爲低調，不然我就不會站在對面大樓的氣窗旁偷偷看他練球，而是該站在現場爲他加油。

呆看著哲漢的身影，時間不知道經過多久，直到腳站痠了，我才稍稍感到滿足地離開校園。

到了家門口，發現大頭菜像個站崗的衛兵呆站在我家門前。

「你來我家幹麼？」我詫異，看他制服還沒換下，書包也揹在肩上，肯定是放學直接過來我家找我。

「一起吃晚飯啊。」他厚臉皮地說。

「我家有飯吃。」我有意趕他走，「幹麼還要花錢到外面吃？」直接賞他一個痛快明白。

「我請妳啊。」他絲毫沒被我的話給逼退。

如果眼前要邀請我吃晚飯的人是哲漢就好了，不用他請客，我掏錢請他也甘願。

「趕快回家吃飯吧！不要浪費錢了……」我越過他，拿出鑰匙要開門。

「一起吃飯有什麼關係？」他展開死纏爛打這招，我的耐性緊繃。

我乾脆放棄開門，十分認眞地看向他，「不要追我了，也不要再傳那些無聊的簡訊給我，再這樣下去，我們連朋友也沒辦法當。」無法給一個人希望，那就別再讓他失望，這是哲漢教會我的。可是看到大頭菜狀似無辜的表情後，有種罪惡感在內心流竄。

「又不是吃了這頓飯就一定要當我的女朋友。」他打有理牌。

這下變成是我莫名其妙了。

站在我家門口僵持了一會兒，最後我賭氣地說：「我要吃最貴的。」把鑰匙收回書包裡。

最後，我們來到知名的小火鍋店，一鍋一百塊那種。

我的臉很臭，大頭菜的臉卻很得意。

「兩位要點什麼鍋？」一坐定位，女服務生便親切地詢問。

「我要臭臭鍋，妳要什麼？」大頭菜問我。

「不要給他臭臭鍋，來兩份海鮮鍋。」我對著服務生親切表示，她笑了一下，便帶著菜單離開。

「喂，小矮人，幹麼隨便換掉我的臭臭鍋？」原先得意的臉現在換成一張臭臉。

「味道太臭，我不喜歡。」算是報他硬拗我來吃飯的仇。

享用完火鍋，大頭菜堅持要送我回家。

「過了這個斑馬線，你就可以先回家了，不用眞的送我到家。」自從發現他眞的在追求我，感覺就怪怪的，比他有事沒事消遣我還令人感到不自在。

「小姐，我們才剛從火鍋店過完第一個斑馬線，妳就急著趕我回家？」

「早一點回家，媽媽才不會擔心。」可見我這個理由說得多沒說服力。

「紅燈啦！」在跨出人行道的當下，他牽起我的手，帶著我過馬路。

「喂！你的手啦！」瞪著他，我語氣凶巴巴，第三次技術性犯規。

「妳不喜歡我牽妳的手嗎？」他依舊握著我的手，很白目地說。

「我們不是男女朋友，你不要隨便牽我的手好嗎？」望著他的側臉，我急著嚷嚷，聲音稍大，引來路人側目。「萬一被人誤會怎麼辦啊！」我壓低音量說。

「有誰會誤會啊！」他無賴回道。

轎車突然叭的一聲，逼得我們循聲查看，這一看，我嚇壞了，不是因為看見前方發生車禍，而是回過神來，注意到哲漢正從對面巷道走來，最糟的是還來不及把大頭菜的手鬆開，他就看到我們了。

哲漢先是詫異，後來露出令我難解的笑容。雖然我把大頭菜的手撥開了，表情還一臉尷尬，一副被抓包偷吃的心虛樣。

原本打算向哲漢解釋一番，大頭菜卻搶先一步跟哲漢寒暄。結果我還沒有機會和哲漢搭上話，大頭菜就把人家給打發走了。

我痛苦地呻吟，眞的會被大頭菜氣死！害我背負水性楊花的罪名……哪有人深情告白後，不到兩個星期時間就馬上和新歡手牽手逛大街的啦，擺明用情不專嘛。

可我不是啊！我是被陷害的受害者耶！偏偏哲漢那一臉擺明相信我們有什麼的模樣，令我心寒了。

28

一回到家，我立刻傳簡訊想要解釋誤會，但在發送前我遲疑了，哲漢又不是我的男朋友，我幹麼要解釋？更重要的是，人家又何必在乎我跟誰手牽手，對方還是他國中死黨，我國小同窗，也可能是舊情復燃或日久生情，才牽在一起。

反正我又不是他女朋友！

頂多讓他誤解我是個見異思遷意志不堅定的女生，如此而已。罵了自己一頓，最終簡訊還是被我刪掉了。

唉，那樣就夠糟了。

在熄燈就寢前，我還在想著這件事，過了一個半鐘頭，我才對大腦下達停止思考的指令，安慰自己說善良的哲漢絕不會像我想得那麼多、那麼複雜，伴隨著少許的良心譴責緩緩入睡。

隔天一早，我在校門口遇見哲漢。

「早安。」提著籃球袋，哲漢率先向我打招呼。

「早。」我怯怯地說，除了沒睡飽，我還一臉尷尬。

「一起走吧。」哲漢親切地表示。

和哲漢並肩而行時，我心跳得緊。自從告白失敗後，這是我們頭一次走在一起。那種感覺很懷念，彷彿經過很久一樣，久違的感動。

「昨天……」行走間，我按捺不住，急欲澄清昨日牽手的始末。

「嗯。」他等著我說下去。

「大頭菜跟我一起去吃小火鍋。」我首先坦誠。

未料，哲漢的反應卻是，「怎麼沒有找我一起去吃？」

哇咧，這不是重點吧！難道他都不好奇大頭菜和我為什麼會牽手？

「我跟大頭菜……呃，不是，是大頭菜要跟我……」看著哲漢，我愈急著把話講好，就愈讓人糊塗。「他昨天牽我的手，是因爲要帶我過馬路。」步上階梯後，我說。

聽完，哲漢只是輕快地笑了起來，和我靜靜地爬著階梯，彷彿我的坦白多逗趣。

「大頭菜在追我。」到了五樓，我才說完整。

哲漢先是一臉訝異，接著像經過深思熟慮般，他最後才說：「阿勳人不錯。」

這代表什麼？他不介意他兩個好朋友也許會在一起？而且其中一個好朋友不久前還

跟他告白。

這是在鼓勵我給大頭菜追嗎？

喔，失落。這個答案讓我陰鬱了一整個上午。

午後，天氣遽涼，還下起毛毛細雨。到放學鐘響起時，窗外雨勢漸大，雖然還不到傾盆大雨，但在雨中待久了，仍舊會淋成落湯雞。

不少同學紛紛拿出摺傘獨撐或共撐，馨慧今天請病假，不然我就可以展現細心的一面，拿出傘來替兩人擋雨，贏得她口頭上的讚美。

慢條斯理往校門口走去，雨天格外讓人想放慢腳步，難怪蝸牛都特別喜歡在雨天出場。校外，有些人瀟灑地竄進雨裡，打算淋雨回家。經過公車亭，意外發現公車亭下的熟悉身影，是哲漢。

收傘，我走向他身旁。「你沒有帶傘啊？」瞧見他原本蓬鬆的短髮被雨水弄場，有些狼狽的模樣，突然一股不捨，心疼。

「沒看氣象報告，不知道會下雨。」他表情無奈。

「雨這麼大，等一下會有人來接你嗎？」我替他憂心。

「這句話好耳熟。」他說。

突然間，我回憶起幾個月前，哲漢和我還不算太熟的時候，曾一起在公車亭等雨停的畫面，聊夢想，也聊一些瑣碎的事情。就是從那個時候，我開始支持哲漢的夢想，後來我陪著哲漢追求夢想，而追哲漢也成了我的夢想。

然而，幾個月後，夢想顯然破碎。哲漢有了小志玲這個漂亮女友，我卻依然只是他的朋友。

「忘了嗎？之前一起等雨的時候，我對你說過這句話啊。」我提起。

那個時候，我還天真地幻想著是不是有路過的人會誤以爲我們是男女朋友。現在想想，時間帶給人快樂，也帶給人遺憾，遺憾是我的努力無法得到認同。

哲漢馬上給我一個心照不宣的笑臉。「沒有忘記，」他又接著說：「也許我在等放晴。」淘氣的模樣，跟幾個月前的他一模一樣。

跟著陷入回憶的隧道裡，我調皮地說：「放晴要等到明天早上喔！」

一時之間，彼此笑了起來，好像回到那個時候，他還沒有交女朋友，我夢想尚未破碎的時候，是那麼發自內心和對方說笑著，沒有尷尬，也沒有告白失敗的傷心，即使那幾句話旁人看來再冷不過。

「我有傘，我送你回家吧。」哲漢聽了我的提議似乎有些訝異，但還是接受了。

一手接過雨傘，哲漢當起了執傘的人。我在猜，大概是我身高和哲漢相差懸殊，我要把整隻手臂完全打直，才不會戳到他的前額或後腦杓，所以他樂當拿傘的那位，不僅他方便，我也落得輕鬆。

雨水滴滴答答打在傘上，傘內狹小的空間，促動我心臟在胸腔怦然跳著。這畫面不就是我夢寐以求的嗎？心愛的人爲我打著傘，享受被幸福包圍的甜蜜氣氛。我沒忘記哲漢有女朋友，我只是享受這難能可貴的機會，對我來說是頭一次，也許也是最後一次，一旦到達哲漢家，這場甜甜的夢就要醒來。

不過在這之前，我要盡情享受這場夢帶給我的快樂。

偷偷打量握著傘柄的那隻手，哲漢的手指很修長，整齊又乾淨，不知道被這雙手握起來溫不溫暖？我大概永遠無從得知了。這雙手和小志玲牽過多少次，走過哪條街哪個巷弄？到何處約會去了？他們擁抱了嗎？還是……接吻了？喔，無聊，想到哪去了！

趕緊甩開令人痛心的想法，又淪陷在不該得的幸福氣氛中。渴望腳步踏得慢些，美麗的記憶多存一些。一路上，讓雨聲代替我們之間的語言，彷彿誰一開口就會破壞這份和諧美感。就這樣，共撐一把傘漫步在雨中，竟也不知不覺到達哲漢家了。

「謝謝妳送我回來。」哲漢趕緊躲到屋簷下，一臉的感激。

我刻意爽快地說：「客氣什麼，應該的嘛。」內心交雜著滿足和夢醒後的失落感。

「那……我先進去了。」我呆愣地看著哲漢打開大門。他準備進屋，卻突然停住腳步，轉頭望向我，一副欲言又止的模樣。過了幾秒，他終於開口說：「妳會答應阿勳的追求嗎？」

我看著他的眼睛，好一會兒才接話。「你知道，大頭菜這個人還不錯。」然後我就離開了。

渾蛋，明明知道我喜歡的人是他。

29

少了追求哲漢的日子，多了很多和馨慧逛街看電影的時間，一切正如馨慧所言，生活會恢復正常。再也不用特地跑去籃球場曬一整天太陽光，晚上再拚命敷臉保養。也不用再費心揣測哲漢對我到底有沒有好感，老是瞎操心。但，我的心依然停留在追著哲漢跑的那些日子，不輕鬆但很愉快，至少那段日子是如此。

這世上很多事情都很奇妙，像我告白失敗後沒幾天，大頭菜突然向我告白就是。他為什麼會喜歡我，就連我自己也搞不太清楚。畢竟當他還是小男孩時可是常常欺負我。大概是我身上有某些值得大頭菜喜歡的特質，而我自己不知道罷了。

好幾次，大頭菜邀請我吃飯或看電影，一律被我打回票了。有時候我會厭惡甚至極度厭煩他持續追求我的舉動，只想對著電話那端的他發一頓脾氣，完全不理解他那麼死心眼幹麼。但情緒平復下來，思緒漸漸清晰，心裡又有聲音替他叫屈，這麼罵他的我又何嘗不是罵到自己？笨喔。

喜歡一個人有什麼錯呢？大頭菜跟我沒什麼不一樣，一樣地執著在喜歡一個人的心情。即便心儀對象對自己不心動，也依然捧著一顆炙熱的心，傻傻等待對方哪天能接受，能對這顆心動眞情。雖然馨慧說那是世界上最笨的一件事情，可是我還是甘願做個笨蛋。依我對哲漢掛念的程度看來，大概短時間是無法開竅了。

早晨一通電話，把我從美夢中給喚醒。

睡眼惺忪地看了手機一眼，來電顯示是大頭菜。我很無奈，他簡直是陰魂不散，我正夢見哲漢，才剛要編織幸福美夢，他幹麼來搗亂啦。

手機叮咚一聲,一封簡訊跟著來,「小矮人,我有東西要給妳,快下來。」

我這才不情不願下床,煩躁地順了一下頭髮,到浴室洗把臉,臭著臉到樓下,看大頭菜葫蘆裡賣什麼藥。

一開門,我看見大頭菜很彆扭地抱著一隻大玩偶,臉上帶著難為情的羞怯神情。當下內心一陣五味雜陳,說不上這是驚喜大過驚訝,還是感動大於無奈。我想,兩者應該都有吧。夜市套圈圈那回向哲漢要了一個賤兔娃娃,沒想到一旁的大頭菜居然記起來,帶來給我的賤兔玩偶足足是上次的十倍大,兩隻手還圈不起來的雄偉尺寸。

但,伴隨而來的感動很快地消逝,緊接而來是替大頭菜感到難過。沒錯,我又要拒絕他了,我眞是愈來愈壞心,一次次辜負人家的好意。打從小時候起,我就告訴自己,不是心儀對象送來的禮物我一概不收(沒想到大頭菜是第一例)雖然這麼做有點不近人情,但我有我的原則。

「很可愛……可是我不能收。」拿人手軟啊!

「妳當然可以收。」顯然大頭菜比我還固執,將娃娃擱置在地板,也不管地上髒不髒,帶著一臉小男孩般任性的表情,「妳只管收下就對了。」語畢,人就一溜煙跑掉了,留下玩偶和錯愕的我。

瞪著眼前的賤兔，雖然可愛，可那不是我要的，也不是我該得的。就像大頭菜給的愛很可愛，但那不是我要的。不是我該得的愛，我又怎麼能輕易接收？

後來我撥了電話要大頭菜把娃娃運回去，沒想到他直說自己和弟弟共用的房間太小，希望我暫時幫他保管那隻賤兔子。一聽就知道他的理由遜爆了，幾番拉鋸下，我答應收留這隻賤兔娃娃一個星期，不得討價還價。

費力地將娃娃搬進臥房。他到底從哪裡弄來這隻巨無霸？眼看單人床放上賤兔後空間頓時少了一半，我不禁驚嘆。

30

一個星期過去了，不見大頭菜來搬回娃娃。

我有點急了，擺在床尾的賤兔子是造成我無形壓力的元凶。每當我看著它，自然會聯想到大頭菜正在追求我。而這種靜態的暗示比動態的示愛來得可怕。

體積龐大的賤兔子，我想不注意到也難，即使我已經把它搬到臥房角落，還是能意識到它陰魂不散，用那瞇成線的眼睛瞪著我。

而解決問題的最好方法，就是乾脆打一通電話問大頭菜家住哪裡。問完地址後，我馬上扛起賤兔子出發，趁著衝勁淹沒理智，打算來趟使命必達。

十分鐘後，我坐在公園裡搥手臂，瞪著賤兔，嘴裡大罵著大頭菜不守信。

十五分鐘後，我經過哲漢家正要抵達大頭菜家，意外發現這兩人同住一個社區。

二十分鐘後，我站在大頭菜家門前按門鈴，屋裡沒半點聲響，似乎沒人在家。

二十五分鐘後，我打電話給大頭菜問他去了哪裡，他說他忘了提醒我他不在家。

三十分鐘後，我還站在大頭菜家門口，難以置信自己做了白工。

最後，我無計可施，只好扛著賤兔來到哲漢家求助。

門一開，「救命……」我馬上呼救。

聞言，哲漢二話不說，立刻從我手中接過賤兔，緊接著問：「妳還好吧？」

「差一點死掉。」我扶著膝蓋深深吐氣。

「怎麼會抱一隻……呃……大賤兔來？」哲漢不解。

「那是大頭菜寄放在我家的……」不打算告訴哲漢那是大頭菜送我的，而我卻不領情地要退回。「原本打算拿去他家給他，可是他家沒人。」我難掩無奈地繼續說：「所以想先借放在你家，到時候再讓大頭菜過來拿，可以嗎？」

「OK啊。」他笑著答應。

「謝謝。」眞是太感激了。

再抱著那隻賤兔走來走去，我眞的會瘋掉。

「要進來喝罐可樂嗎？」看我滿頭大汗，他好心提議。

「好啊。」一聽到有可樂喝，我的精神瞬間恢復了一半。

哲漢把賤兔抱進屋內，我跟著進屋。

「妳怎麼會想要一個人扛這麼重的東西過來？」他把可樂遞給我時問起。

「我以爲抱一隻娃娃沒什麼大不了的。」完全是我太高估自己的體力，不自量力的行爲。

「剛才一開門，我嚇了一跳，以爲妳要被娃娃壓扁了。」彷彿回想起方才的畫面，哲漢一臉餘悸猶存。那表情惹得我想笑，這是在關心我嗎？

「幸好你解救了我。」我傻笑。

「怎麼不等阿勳去搬？或者叫我幫忙搬也行啊。」他又問。

叫他搬？看著哲漢的眼睛好一會兒才黯然地轉開。是要我叫有女朋友的他來幫忙我嗎？可以嗎？可以這樣嗎？喔，傻瓜。

「沒關係啦！反正我都已經搬來了。」也算完成了一件大事。

哲漢突然盯著我看，害我一陣緊張不自在。「小靖可愛的地方就是做什麼事都很認眞。」他對我微微笑，害我心臟狂跳。

「……有嗎？」害臊地調開視線，這是在誇獎我嗎？「其實我也沒有對什麼事都很認眞，像是考試啊，我每次都死到臨頭才抱佛腳。還有在課堂上啊，我頂多只能專注前十分鐘，其他的時間就神遊了。」我大概是最經不起被誇的那種人，每當有人誇，就會不由自主想扯自己後腿。某方面說來，大概是缺乏自信心。

「那不一樣，每個人認眞的地方不同。」哲漢提出不同的看法。

我感動地對他笑，「原來我也有優點。」只是這樣的優點，足夠讓你回心轉意嗎？當有一天你回過頭來，發現我還在認眞地喜歡你，甚至是認眞地在等待你，渴望未來某天你能認眞正視我對你的感情……

可能嗎？可能嗎？

你對我笑。

好一會兒，我沉迷了。

只是我很快醒來。「今天沒有去練球嗎？」趕緊說話把自己帶回到現實。

「原本今天要去打保齡球……」哲漢帶笑的臉瞬間沒了。

「原本今天要去打保齡球？」我重複他的話，然後想到哲漢不可能是一個人要去打，應該是和小志玲約好，結果沒去成，心情自然就不好啦。「說到打保齡球，不是我在臭蓋的，不管我怎麼打怎麼都會洗溝，厲害吧？」我刻意擺出驕傲的神情，目的是爲了逗哲漢笑。

果眞，哲漢笑了，「我也很常洗溝，只是孫慈喜歡打保齡球，所以就陪她去。」

我「喔」地一聲，猶如舌頭嚐到黃蓮粉，苦不堪言。

哲漢拿起電視遙控器亂轉著頻道，「感覺……」他停頓了一會，「我能陪她的時間她都嫌不夠。」嘴裡說起她和他的事。

「熱戀期應該都是這樣的，彼此會像口香糖一樣黏。」我給他一個鼓勵的微笑。

「爲了她，我已經減少練球的次數了。」哲漢放下遙控器嘆息，「像今天明明爲她空下時間，她卻說要和朋友逛街，所以取消上午的約會，但她又不准我下午去打球，因爲她說逛完街要跟我一起去吃東西，要我在家等她。」說到這裡，哲漢已經把螢幕總電源切掉，重重嘆了一口氣。

我還是第一次看到哲漢這樣傷腦筋，眞讓人不放心。而我在想，小志玲的控制欲也眞可怕，有些超過了。但我又不能在人家男友面前說人家女朋友的壞話。

「可能她想要更有安全感吧。」我帶著不確定的語氣說。我想到很多女生都用這種藉口綁住自己男朋友，所以這麼隨波逐流跟著說也沒錯吧。

哲漢苦笑。「我會喜歡打籃球，有一部分是因爲當初她說會打籃球的男生很帥，所以我才對籃球這項運動開始認眞起來。但現在，她卻嫌我花太多時間在練球，常常爲了這件事和我吵架，我不知道該怎麼辦了……」他煩躁地用手抹起臉，背後像覆上了一層陰霾。

突然間，我不知道該先安慰哲漢還是該先安慰自己。原來除了麥可喬登，小志玲在哲漢心底的影響力也是舉足輕重。

「那個……我想，再溝通一下囉。溝通是增進感情的利器嘛。」我說：「再不然，你帶她到球場上，灌個籃，迷死她。說不定從此以後她會常去籃球場報到喔。」喔喔，這個答案不妙，簡直將了自己一軍。

「如果能這麼簡單解決就好了，可是孫慈她不喜歡曬太陽。」哲漢顯得無奈。

難怪她皮膚會這麼白，原來是怕曬呀。難怪她會選擇打保齡球，因為在室內曬不到太陽啊。

「那……她到現在為止還沒看過你打球嗎？」我問起。

「我還沒找到機會。」震驚，但我佯裝鎮定。哲漢的語氣雖平淡，可是我聽得出哲漢其實很希望小志玲陪伴在一旁，就算不懂打籃球，至少要懂得欣賞啊。角色對調，如果今天我是哲漢，我當然也希望女朋友是自己的粉絲，會三不五時來看我打球，替我加油打氣。

小志玲啊小志玲，這麼帥的男生要打球給妳看，居然不懂得欣賞？簡直是暴殄天物啊。紫外線算什麼？難道妳不知道這世界上有太陽眼鏡、有遮陽帽、有防曬乳這類貼心用品嗎？

「下個星期六，約小志玲出來吧。」我說：「大頭菜跟我也會去。」

「做什麼？」哲漢不解。

「該是時候讓你女朋友知道你在場上有多迷人了。」我強調。

哲漢開懷地笑了，頭上烏雲一併消散。

我也笑了，不過是在笑自己蠢。

31

會約大頭菜出來，並不是我的本意。

計畫是這樣子的，大頭菜和哲漢在球場上較勁，小志玲和我當觀眾，等小志玲看到在場上的哲漢有多帥多迷人之後，我想她以後大概都會很樂意陪哲漢來打球。讓哲漢在追逐夢想的同時，愛情也同在。但這也只是我個人單純的想法啦。有沒有效果，還是要看當事人。

大頭菜和我抵達籃球場時，哲漢和小志玲還沒有到。

等待他們到來的同時，順便提醒自己待會兒不能露出吃味的神情，即使看到他們登對地出現，也不能表現出心痛的模樣，絕對不可以。

抬頭望天，天氣風和日麗，心情狂風暴雨。

直到出門前我還在掙扎，我問自己，哲漢和小志玲幸不幸福干我什麼事？爲什麼要那麼雞婆？憑什麼試圖要幫他們把那道逐漸裂開的縫隙塡補起來？

這事要是被馨慧知道，她大概會罵我笨，罵我蠢，不但沒志氣還不爭氣。

可是當我看見哲漢那一臉憂慮的神情，什麼笨、什麼蠢、什麼志氣爭氣的，完全被丟到九霄雲外摔死。

我坐在長凳上，不由自主嘆了一口氣，惹來一旁大頭菜關注。

「嘆氣會長不高喔。」他欠揍地說。

「我才沒聽說過有這種事。」我瞪他。

「聽說妳扛著娃娃到我家，找不到我之後，又扛去哲漢家？」他語氣中絲毫沒有一點歉疚。

「誰叫有人不守信，我只好親自出馬了呀。」我斜視他。有自覺，應該承認自己錯了吧。

「那隻娃娃就那麼讓妳困擾嗎？」他雙手抓著座椅邊緣，彎著腰，低著頭。好像在問自己而不是在問我。

突然間，只是突然間替大頭菜感到傷心。不是那隻娃娃令我困擾，是他的愛啊，他的愛才是讓我困擾的地方。我對他沒感覺，又怎麼可能會有愛呢？

「……對、對啊，我很困擾。」顯然我還沒嘗到愛情，卻已經開始在傷人心了。

有一陣冗長的沉默，大頭菜沒再開口，而我一動也不敢動，連偷瞄他也不敢。他一定是又生氣又傷心，壞蛋啊我。

大頭菜突然站起身，我被他的舉動嚇到。「知道爲什麼那隻賤兔戴了聖誕帽嗎？」他沒頭沒腦冒出這句。

「不就是造型嗎？」問這什麼怪問題。

「才不是，因爲那是特別的……」他看著我繼續說：「特別的東西就該送給自己覺得特別的女孩子。」語畢，大頭菜臉上閃過一抹紅暈。

我猶豫了一下才殘忍地說：「可惜我不是那位適合你的特別女孩。」是該到此爲止了，這一切。

「……看來我是追不到妳了吧。」大頭菜難掩低落。

我不知道該答「嗯」還是該婉轉地安慰他，結果只是一臉呆滯地盯著他。

「喂，姜哲漢眞的比我帥嗎？」撫著頸項，大頭菜沒頭沒腦地問，神情很是疑惑。

不懂他爲何這麼問，但我還是誠實地點頭。

「喂，妳就一定要那麼誠實嗎？」他怪我。

「是你自己問我的耶。」莫名其妙。

「算他小子厲害，先讓妳喜歡他。」

「啊？」這話是……我眼睛瞪得老大，「你知道？」我喜歡哲漢的事。

「有眼睛都看得出來吧，妳看他的眼神簡直要流口水了。」他對我做了一個擦口水的動作。

「亂講。」一陣窘迫中，我胡亂推了大頭菜一把，力道一個沒拿捏好，等我意識到自己力氣有多大，大頭菜已經跌坐在地板上，神情半驚訝半哀怨地瞅著我看。

「就算不接受我的追求，也沒必要殺人滅口吧？」他埋怨。

「我哪有。」沒想到我力氣這麼大，不好意思地伸手要拉他一把。握住我的那隻手突然一個使力，我重心跟著不穩地朝著大頭菜撲去，半邊身體跌進他懷裡。

「哈哈，嚇到了吧？」還緊緊抓著我手的大頭菜得逞地說，臉上滿是得意。

「你很幼稚耶！」下意識推開他，打了他手臂一下，一臉氣呼呼地想從地上爬起，眼神意外掃到兩個人影，是哲漢和小志玲。

應該說我從地上立刻跳起來比較貼切，他們倆一臉不可思議地盯著我瞧，瞧到我都快受不了了，眞想叫他們有話直講，我可以解釋剛才那情況。

「你們兩個在龜什麼，慢吞吞的。」最後還是大頭菜打破沉默先說話，然後我以不自然的笑向他們打招呼。大頭菜這個害人精,每次都做奇怪舉動讓人誤會。

「孫慈抹了防曬乳,要半小時才會發揮效力,所以現在才來。」哲漢解釋。

「不好意思喔,讓你們等我。」小志玲嬌柔地致歉。

「沒關係啦,這樣才能達到效果啊。」我跳出來打圓場。

後來哲漢和大頭菜上場打球,小志玲和我坐在一旁長凳上。

坐著時的身高差距比較小,視線也比較容易跟高䠷的小志玲對上。這時我才注意到小志玲戴著帽子,而那頂帽子是……咦,不一樣。那頂不是我還給哲漢的那頂,上頭鑲著金邊的英文字母,黑字白底。

察覺我直盯她帽子,小志玲困惑地問:「我帽子上面有什麼嗎?」

「新買的嗎?」我好奇地問。心想說不定她本身就有好幾頂帽子,只是今天剛好沒戴那頂出來。「很適合妳,很好看。」人好像只要長得夠美,什麼配件搭在身上都會很好看。

小志玲一臉狐疑,對我眨著又長又翹的眼睫毛。「這頂帽子,不是小靖妳幫我買的嗎?」

「……啊?」當下錯愕,上回在哲漢家的慶祝會,我是說過要幫她買帽子。本來是要將哲漢送我的帽子轉送給小志玲，因爲我覺得小志玲比我適合，又怕這頂帽子放在家裡觸景傷情，何況我也認爲自己用不上了。

不過，怪了，我什麼時候眞的幫她買過帽子了？

「哲漢說上次那頂帽子沒賣了，所以妳買了這頂給我，妳沒印象嗎？」看我一臉茫然，小志玲臉上的困惑更深了。

「……喔！」我假裝知情，接著扯謊，「因爲有很多朋友要我幫她們買帽子，所以我一時搞糊塗了。」我順勢敲了自己腦袋一下，裝作自己記性很差。

她笑了笑，「小靖的記性眞差。」接著從包包裡拿出墨鏡戴上。我驚嘆，這下戶外活動的配備全到齊了。

抱以尷尬的一笑，我安分地轉回身，認眞看球賽。

對帽子一事，心底仍存疑。

32

眼前那又是怎麼一回事？

場上，哲漢與大頭菜激烈較勁，先前也看過他們一對一鬥牛，不過今天的打法簡直是超激版，超級激動的。不但臉上沒帶半點笑容，神情肅殺，氣氛緊繃，激烈的進攻、激烈的防守，鞋子不斷在地板上摩擦出響亮聲響，攻防互不相讓。如此激烈的交戰，看了我都暗暗替他們捏一把冷汗。

當哲漢運球正要往籃下去，大頭菜死命地防守，我以為哲漢會做假動作閃過大頭菜來個籃下進球，沒想到哲漢卻是一股蠻力將大頭菜撞開，不堪重力突擊的大頭菜因而重重摔了一跤。當下我愣住了，嘴巴張大，懷疑自己是不是正在觀賞一場暴力籃球賽。

拉起大頭菜後，哲漢致歉，比賽繼續進行。

換大頭菜進攻，剛才那一下碰撞，讓整個打球氣氛變得更加嚴肅詭異。運著球的大頭菜彷彿在思索如何突破哲漢的嚴謹防守，不到三秒，大頭菜直接與哲漢正面交鋒，像是刻意回報哲漢似的，猛然間，大頭菜一個近身擦撞，哲漢猝不及防地跌坐在地。

我幾乎是從長凳上跳起來，想也沒想地奔向哲漢關切。「你有沒有怎樣？」神情驚慌地巡視他全身，就怕他哪裡受傷。

「漢，你沒事吧？」我嚇了一跳，忘了小志玲也在場，不好意思地別過頭，迅速站起身和哲漢拉開距離。要命，我怎麼會搶了人家女朋友該做的事。

「我沒事。」哲漢還會笑，代表屁股沒摔疼。

「去椅子上休息一下好了。」小志玲貼心地協助哲漢站起身，在準備回到休息區前，刻意用那雙沒戴墨鏡的大眼別具深意地看了我一眼。可惜我神經不夠大條，她眼底的不屑和猜疑，我全接收到了，正困難地消化著。

杵在原地，我悶悶地看著小志玲拉著哲漢的手去勾她的肩，而她主動將手環上哲漢的腰。就算我知道那也許是攙扶的動作，可是有眼睛的都看得出來那手法顯然刻意。我突然覺得有點生氣、傷心，還有妒忌。女生朋友和女朋友的差別就在這裡，該死的，差一個字怎麼差那麼多。

「這樣不行喔。」大頭菜突然在我背後出聲。

「什麼不行？」我一臉茫茫然，心情還亂糟糟。

「妳偏心。」他胡言亂語。

「什麼偏心？」顯然我還在混亂中。

「喜歡的人跌倒就那麼緊張，朋友跌倒就沒關係嗎？」大頭菜指控，搭上可憐兮兮的表情，「朋友就不是人了嗎？妳都不知道，跌倒沒人關心，顯得我很沒行情、很沒面子耶。」好個指證歷歷。

「那，你有沒有怎樣？」我即刻補上，忘了該帶上生動的表情。

「我受傷了……」語氣可憐。

「哪邊？」我挑眉，完全看不出他有受傷的跡象。

「我的心。」按著自己的胸口，大頭菜不知道在演哪一齣。

「無聊。」撇下大頭菜，我逕自走向休息區。

人還沒走到長凳區，就聽見小志玲高分貝地在和哲漢說話，好像在吵架的樣子，吵什麼我不甚清楚，原本我想走向前去勸架，但大頭菜突然抓住我的手臂，叫我暫時不要過去。

「要吵就讓他們吵吧。」大頭菜冷靜得像是司空見慣。

「沒事幹麼要吵架？」我有點難以理解這狀況，剛剛不是還好好的嗎？

大頭菜聳聳肩，饒富深意地看了我一眼。「吵什麼，他們自己心裡有數。」

過了一會兒，只見小志玲氣呼呼地拎著包包揚長而去，哲漢則是悶悶不樂地坐回長凳上。

「要假裝沒事嗎？」不自覺壓低音量和大頭菜商量。

「妳在這裡等，我先去跟他溝通一下。」大頭菜看似經驗老到地說，要我在旁邊等待。

我點點頭，以為這是個好方法，畢竟同性間也比較容易把話說開。我天真地以為待會兒會上演感動人心的兄弟情誼，沒想到……

在大頭菜出拳打哲漢之前，我眼裡的影像還停留在大頭菜走過去跟哲漢說了幾句，手搭上哲漢的肩膀，然後哲漢不大領情地撥開他的手，然後……然後事情發生得太突然，等我從驚嚇中恢復過來，哲漢已經從長凳上摔落地板。

眼前的一幕，我感覺血液直衝腦袋。「蔡志勳！你在幹麼啊？」幾乎是尖銳地出聲嚇阻，氣極敗壞地衝向長凳旁，小心地扶哲漢坐起身。瞥見哲漢右臉頰泛紅浮腫，我很心痛。「這就是你該死的溝通方式？」說這句話的時候，我眼裡大概快噴出火焰了。

「老子我忍他很久了。」他還有理由替自己辯解，「要不是看在多年好朋友分上，早就不只一拳了。」根本是得了便宜還賣乖。

「算什麼好朋友啊你！」我真的氣炸了，感覺自己像個媽媽，心愛的孩子受人欺負，護子心切油然而生，情緒激動地只想向對方討回公道。

我怒氣沖沖，大頭菜的餘氣未消，一旁靜默的哲漢面無表情地扶著椅子自個兒站起身，我想幫忙，但他拒絕了，逕自帶上球，默不作聲地離開。

「走，回家了。」大頭菜把我從哲漢身旁帶開，這種行爲就像小朋友賭氣一樣。

「喂……可是哲漢他……」受傷了耶。

「不用管他啦！一拳又不會不死掉。」大頭菜冷冷地看了哲漢一眼，「對自己誠實啦！」然後就拉著我離開。

「你剛剛的行爲很差勁。」路上，我忍不住抱怨。

「知道了啦，我在反省了啊。」大頭菜無奈地看了我一眼，鬆口承認自己的確太過衝動。

「如果你這樣打我一拳，我一定跟你絕交。」我敢說。

「問題是我又不會那樣打妳一拳，再說男生本來就不能打女生。」

哼，就算他說的不無道理。但，打人就是不對的行爲。這種行爲就該嚴加抵制。

「不管怎樣，你本來就不應該因爲溝通不良，就出手打人一拳。」我再度抱怨。

「哪有，不只是溝通不良這件事好嗎？」他一臉無辜回看我，「妳以爲打人就不痛喔？」他拳頭正面朝上示意我看，「看到沒？都紅起來了。」

「你自作自受啦！」休想我同情他。

「他這小子害我失戀，揍他一下算很客氣了。」

瞪大雙眼，我難以置信，「原來你……」是在吃醋？

「我小學暗戀的對象被好朋友把走，我就不能生氣一下？」他發牢騷。

「這話聽起來好像怪怪的。」我思索著怪在哪裡。

「反正是遲早的事。」他應我。

我聽得一頭霧水，但也懶得追根究柢，今天讓我茫然的事夠多了，也不差再多這一件。

「總之以後不可以跟哲漢吵架，也不可以和哲漢打架。」我對他耳提面命。

「我沒有跟他打架啊！」簡直對答如流。

「是你打他！」臭小子。

他雙手一攤，自知理虧，「是是是，都是我的錯。」接著不討喜地問：「那，請問夏老師還有什麼要吩咐的嗎？」

「去跟哲漢道歉。」

「現在？」他懷疑。

「嗯，現在。」

「不去會怎樣？」他接著問。

「會失去我這個朋友。」我卑鄙地威脅。

因爲，當女友的籌碼已經被我扼殺了。最後能和他談判的只剩當朋友的籌碼，不過這最後籌碼也是最後王牌。

「妳確定？」大頭菜似乎不滿我拿這籌碼威迫他。

「我保證。」純粹是想幫助他們不要因一時吵嘴或肢體衝突而打壞感情。

「好好好，算妳狠。」這招果眞奏效。往前走沒幾步，大頭菜突然轉頭看向我，「喂，妳確定眞的不接受我的追求？現在反悔還來得及喔！」他挑起了眉。

「說什麼啊你！」我被他的傻話給逗笑了，「你明明知道我喜歡的人是姜哲漢。」

「好，是我輸給了他……」大頭菜一副沮喪失志的模樣。

「不是喔！」我有感而發地看了他一眼，他困惑地盯著我瞧，「你並沒有輸，如果不是我先喜歡上哲漢，或許我會考慮給你追喔。」

然後，大頭菜滿意地笑了，對我揮了兩下手示意，便動身前往哲漢家去負荊請罪。

我知道那個笑容是釋懷，積壓在心中的大石，也總算移開了一半。

33

在客廳來回踱步十幾分鐘，還是覺得放心不下，最後決定自己去找哲漢。一方面我牽掛大頭菜有沒有和哲漢和好，另一方面我也掛心哲漢右臉頰上的傷。

帶著從便利商店買來的一大包冰塊，聽說要對付紅腫，冰敷是最好的消腫方法。

才剛到哲漢家門口，門鈴都還沒按到，屋內就傳出旋開門把的聲音。我自動退到門邊等待，打算先讓屋裡的人出來。同時我也聽見類似爭執的聲音，等我確定是哲漢和小志玲在對話，正想調頭離開時，門喀嚓一聲打開了。來不及移動腳步，他們就看到了我。相較他們臉上的詫異，站在門外偷聽的我，表情更是尷尬。

喔，還眞會挑時間。挑到人家氣氛正不好的時候。

「你、你們要出去啊？」我小心翼翼地問，深怕觸擊到兩個未爆彈。

「妳怎麼會來？」哲漢看著我，有些遲疑地問。

一旁，小志玲的表情明顯不耐，似乎對我的出現不大歡迎。

「喔，我有東西要拿給你。」我把裝有冰塊的塑膠袋遞給他。

「謝謝。」哲漢的神情顯得彆扭。

「那，不打擾你們出門，我先回去囉。」還是先閃好了。

「等一下。」小志玲忽然叫住我，一個箭步站到我面前，「我有事情要問妳。」神情嚴肅得像是要審問犯人。

「要問我什麼？」非要用那種犀利的目光盯人？

小志玲才張嘴要說話，馬上被哲漢拉到一旁，這情況正好替我開出一條活路，讓我能逃生。

「妳先走吧。」哲漢示意。

「不行，不可以走。」小志玲氣炸了，「爲什麼不讓我問她？」

「妳要問什麼？問我就好啦。」哲漢的火氣也跟著上來。

我看不懂現在是什麼情形，一個要我留下，一個又要我離開，這下到底是要我聽哪一個人的？

「你的櫃子裡爲什麼會有那頂帽子？還有……」小志玲別過頭，對著我咄咄逼人，「妳不是說那頂帽子沒賣了嗎？既然有貨，幹麼還要換另外一頂帽子給我？」

「……啊？」我被審問得莫名其妙，「那帽子是……」

「是小靖之前拿來還給我的。」哲漢幫我解圍。

「她還給你？是什麼意思？」她質疑。

喔喔，不妙。小志玲還不知道那頂帽子的來龍去脈。

我急著跟哲漢打pass，希望他別講出會讓小志玲誤解的話。

「那是我之前送給小靖的禮物。」哇咧！他還是講了。

經過一陣尷尬的沉默後，小志玲突然語出驚人，「姜哲漢，你喜歡她對不對？」好一個莫名其妙的指控。

突然間，突然間我想起向哲漢告白的那一天，如果哲漢也喜歡我的話，當哲漢女朋友的人就會是我夏靖蘋，而不會是她孫慈。看看她問了一個什麼樣的蠢問題……不懂我無奈，哲漢同樣感到無奈。

「我跟小靖只是好朋友。」他沉著性子說。

「對啊……我們是好朋友……」現在才知道這句話從自己嘴巴裡講出來有多心酸。

「你們兩個不但講話有默契，感情看來也挺不錯的嘛。」她酸溜溜地說，我有不好的預感。「我不喜歡你們兩個走得太近，感情太好。」繞了一大圈，這才是壓死駱駝的最後一根稻草。

「所以呢？」哲漢問。

所以呢？我不安地想。

「如果你喜歡我，當我是你的女朋友，你就應該跟她保持距離。」終於是醋勁大發，走向極端。

與其說我心在滴血，不如說我的心在怒吼，連當哲漢朋友的資格也沒了。

「妳會不會太無聊？」哲漢忍著不發作，但我看得出來他有情緒。

「這種要求很正常，我哪裡無聊？」小志玲發威了，「如果你捨不得失去她這個朋友，那就是捨得失去我囉？」根本是逼哲漢在愛情與友情之間做抉擇。

突然間，我不知道該不該發表意見或乾脆當個啞巴。只是呆愣在一旁，難以想像情況會演變成這樣。

「妳說那是什麼話？」哲漢臉上混雜著爲難與憤怒。

「人話。」小志玲賭氣般地頂撞回去。

眼看火藥味一觸即發，我趕緊跳出來解危。

「哲漢，算了……」我擠出笑容，「孫慈說得對，保持距離也好。」明明臉上在笑，眼淚卻幾乎要奪眶而出。

訥訥地說了說再見，我故作瀟灑離開，卻在轉過身後，兩行眼淚滑過臉頰。我的頭上大概沒有小天使的光環，因爲我還是會妒忌、會憤怒、會難過甚至感到萬分沮喪。

我沮喪的是自己說的那句「保持距離也好」，可見我多健忘，忘了接下來自己的心又該怎麼辦。

34

我一直不敢開電腦，因爲電腦桌布上有我和哲漢的合照。爲了查作業，我還是不得不打開電腦。二十四吋寬螢幕上出現我們的合照，唯一的一張。哲漢的表情困惑，但有小男孩的天真。我的表情呆滯，但有小女孩的期待。而拍照當時我們之間隔了一個人的距離，現在看來真的很諷刺。

尤其經過我告白失敗，小志玲下達哲漢不准與我太接近的命令後，那樣的諷刺和心酸更是如影隨形地纏著我。我不喜歡造成人家的誤會而影響人家感情，也不希望自己心儀的對象不幸福。所以呢？所以這就是我坐在螢幕面前看著照片黯然神傷的原因。

一直以來，我就希望任何故事都有個美好的結局，任何相愛的人都能永久地幸福。即使對象不是我，我還是衷心希望每個人都能圓滿。只是這樣的希望，卻必須面對現實的摧殘、環境的變化、時間的推移、人心叵測的考驗。就連自己也沒料到這麼深深喜歡一個人，到頭來我們還是只能漸行漸遠，連朋友也很難當下去。

一開始對哲漢的有所企求，到最後我無所企求，只希望能當他的好朋友，偶爾和他聊聊天、偶爾關心一下他的現況，這樣微小的願望過分嗎？

在眼淚掉下的瞬間，憤怒、難過、委屈一併從鹹鹹的淚水裡夾帶出來，是苦澀的味道。視線模糊地盯著照片，我又哭又笑。照片上的兩人就像傻瓜一樣，如同我現在哭得跟傻瓜沒兩樣。突然間，心生一個念頭，迅速擤掉鼻涕抹乾淚水，我把合照重新用小畫家繪過，讓兩個表情困惑的人重拾笑容，在間距的地方寫上「要幸福」三個斗大字樣。

如果不能在一起，至少彼此都要幸福，我試圖安慰自己。

突然間，我想起大頭菜，那個有時挺窩心的傢伙。我想我永遠忘不了那一天，他很彆扭地抱著玩偶守在我家門口要給我大驚喜。雖然我最後還是無法接受他的心意，但我感謝他喜歡我，這讓我覺得自己還是有行情，至少有人追。他的舉動曾令我感動過，而我也相信，未來他一定可以找到一個適合他的好女孩，可以帶給他快樂幸福的女孩。

至於我的幸福什麼時候來向我報到？我不知道。目前的夏靖蘋還沒打算要移情別戀，因爲心底還住著一個男孩。雖然那個男孩總是困擾著我，左右著我的心情，有時候令我發笑、有時惹我惱怒，甚至有時候還使我傷心難過，但我甘願承受。在我還沒放棄他之前，我也不准他擅自從我心裡出走。即便這只是自己一廂情願的想法。

35

學期末的最後一天，放學後的走廊比平常喧嚣，大夥都在興高采烈地討論寒假要去哪裡玩，要睡多晚，遊戲要升幾等，要不然待會兒就直接殺去市區狂歡，唱歌或是去吃大餐。

馨慧找我去逛街，我回絕了。比起逛街，我有更重要的事要做。站在走廊的氣窗旁，以近乎貪婪的眼神看著哲漢打球，我想把球場上的哲漢深深烙印在我的腦海裡，好度過這個見不到哲漢的寒假。

半個小時過去，哲漢收起籃球袋，帶上書包，慢步離開籃球場。當哲漢經過大樓，我反射性地蹲下身子，雖然我知道他大概也看不見我，可是我想小心一點總是好，免得偷窺被抓包。等我覺得安全了，溫吞地站起身，哲漢已經背對我愈走愈遠。

不知道爲什麼，看著他的背影，我不禁熱淚盈眶。明明可以叫住他，我卻眼睜睜看著他離開。明明近在眼前，我卻什麼也做不了，就連打個招呼也失去了勇氣。由這情況看來，我腦海中不由得冒出了「會不會過了這個寒假，哲漢和我從此變成陌路人」這個令人難過的想法。喔，但願是我把事情想糟了。

腳才踏出大樓，手機就響了起來，是馨慧打來的。

「妳還在學校嗎？」一接起電話，馨慧語氣慌張地問。

「對啊，不過我現在要準備離開了。」

「好險妳還在學校。」她鬆了一口氣後便接著說：「我有兩本課本放在抽屜裡，妳順便幫我帶走，到時候我再去妳家拿。」

「好。」掛斷電話，我爬回五樓。在經過哲漢的教室前，我刻意停留了幾秒，彷彿能看見哲漢坐在教室裡，側過頭和朋友聊天的情景。無論是聊到開心處笑起來的哲漢，還是認眞傾聽朋友說話時那專注的模樣，全都歷歷在目。

突然一個念頭，我想也沒想地打開前門，踏進哲漢的教室，循著記憶找到哲漢的座位，第五排倒數第二個位置。輕輕拉開哲漢坐的椅子，我坐了上去，同時心跳也跟著悄悄加速。這是哲漢坐過的椅子，這是哲漢書寫、午睡的桌子。接著我溫呑呑地趴在哲漢桌上，把臉埋在雙臂中，彷彿這麼做就能拉近我和哲漢的距離。彷彿這麼做，就能彌補我心裡的空虛感。也許是這份無形的親切感使然，我滿足地閉上雙眼，沉浸在與哲漢的回憶中。

靜謐的空間中，只聽見自己平穩的呼吸，伴著手錶的滴答聲，我竟有種輕飄飄的感覺，只要再待幾分鐘就好。我對自己這麼說，接著一陣好睏的睡意讓我漸漸失去自主性地墜入夢鄉。我做了一個好甜好甜的夢，夢裡有我，有快樂，有笑容，還有……是誰在叫我？

睡意太濃，我掙扎著要起來，可是手好像麻掉了，而且夢裡太舒服了，我眞的很不想醒來。再一次，我聽見有人在輕喚我的聲音，我試圖動了動手指頭，想告訴那個擾人清夢的某某，我並沒有眞的睡著，直到那人輕輕碰了我肩膀好幾下，我才像是被電到般猛然抬起頭，視線和那人對焦後，我以爲自己還在作夢。

哲漢就出現在我眼前，像夢一般，我揉了揉眼睛，哲漢的影像還是沒消失。這時我才眞正意識到這不是夢，而是眞的，哲漢眞的在我面前。忽然想起睡著前自己都幹了些什麼蠢事，我該怎麼解釋爲什麼潛入他們教室並且睡在他課桌上？啊哈，要命。

「我……我不小心睡著了。」我心虛地說，看了看四周圍，教室裡頭的燈全打亮了，外頭一片漆黑靜謐。

「嗯。」哲漢雖感詫異，但還是應了聲。

「還有……我……我好像跑錯教室了。」

「嗯。」這次他配合了點頭動作。

「呃……還有那個……」完了完了，我瞎掰不出來了。

哲漢笑了，「那……」他用眼神示意了我一眼，「妳也是不小心才睡到我座位上的嗎？」

喔喔，被逮到了。

立刻從座椅上站起來，臉大概跟番茄一樣紅。「還、還你坐。」

這個說法只讓哲漢笑得更燦爛，他來到自己的座位上，屈身探向抽屜，從裡頭拿出手機。

這下我才明白哲漢返回教室的原因，原來是手機忘了帶走。

「還想再多坐一會兒嗎？」他笑著。

「不、不用了。」我露出一個難爲情的笑容。

「一起走吧。」他輕聲說。

「嗯。」我跟著他走出教室。

「謝謝妳那天的冰塊，很有用。」哲漢手指摸了摸臉，微笑起來。

「喔，不用客氣。」我笑了，接著有所牽掛地問：「大頭菜和你和好了嗎？」

「還一起去打球呢！」

聽哲漢的回答，大概是和好了吧，不然哪會再一起去打球。

「那你跟……」我猶豫了一會兒，最後還是決定問出心中疑惑，「那你跟孫慈和好了嗎？」

「我們和好了。」哲漢頓了頓，接著又說：「但也分手了。」

「啊？」我一聽，愣到嘴巴張得大大的，花了一會兒時間才回過神問：「爲什麼會分手？」

「國中的時候，我曾經追孫慈追了兩年，可能那時候我只是一個毛頭小子，身高也不比她高，所以她都沒有答應我的追求，一直把我當好朋友看待，後來她交了男朋友。」哲漢走到氣窗旁，望向對面燈火通明的大樓，在走廊昏暗的燈光下娓娓道來，「直到再次聚會，她說她很懷念那段我追她的日子，然後她向我告白，我沒有理由不心動，可是在一起之後，才發現我們都只是懷念當初的感覺。雖然我們說好要試著努力，可是最後還是行不通。」哲漢嘆了一口氣後拉開氣窗，一陣微風灌入走廊，拂過哲漢的髮梢，也挑了起我的髮絲。

我不知道該如何形容自己此刻的心情，哲漢和小志玲分手了，這代表……代表我還有希望、還有機會囉？

接著純粹出於一股衝動，我側頭看向他，「那我可以追你嗎？」我突然地說，他突然地驚訝。

「可以嗎？」不死心，我再問第二遍，那麼堅持的原因大概只有一個，倘若又被拒絕，至少還可以利用寒假這段期間來療傷。

帶著十二萬分的厚臉皮，十二萬分的期待，還有十二萬分的眞心，希望他能給我十二萬分肯定的答案。

於是，哲漢對我笑。

36

後來我們沒有直接回家，而是在操場中央並肩坐著。

藉著大樓透露出些許的燈光，操場不至於整片黑暗。在靜謐的操場上，我彷彿能聽到哲漢的呼吸聲。心裡某塊緊張的部分，在跳躍著、期待著，甚至也害怕著。

哲漢他還沒有答覆我，到底是給不給追？相較我嚴謹地盤腿而坐，他則是用最愜意的姿勢，雙手撐地，仰頭盯著還不算太圓的月亮。

唉，眞是皇帝不急，急死太監。

「明天就開始放假了。」劃破靜謐，哲漢用輕鬆的口吻說著。

「對、對啊。」一想到哲漢說出來的某句話就有可能是答覆我的字眼，我就不知道怎麼搞的，神經突然變得緊繃，分外緊張，比頭一次向哲漢告白更侷促不安。

我是應該要平靜地看待這件事，尤其是經歷過告白失敗的受挫後。雖說一回生二回熟，但被拒絕這種事，不管熟幾回，還是會略感受傷。

「我可以問妳幾個問題嗎？」哲漢突然轉過頭來和我對看。

「好啊，什麼問題？」在昏暗的夜色中，我彷彿看見哲漢的瞳孔綻放著明亮，好像只要仔細察看，就能看見他眼裡有我的影像。

他思索了一會，又說：「妳也可以問我幾個問題。」露出一抹笑後，又把視線調向遠方。

「嗯。」雖然不知道哲漢怎麼會心血來潮玩起你問我答的遊戲，可是我不排斥任何能和哲漢相處的機會，相反的，我格外珍惜能重新和他獨處的每分每秒。

哲漢看著夜空輕吐一口氣後，好像要證明這是認真的你問我答似的，他改換姿勢，學我盤腿而坐。

「為什麼喜歡我？」哲漢轉頭看向我，頭一句就是這麼問。

「呃……因爲……」如果我沒記錯，我記得第一次向哲漢告白的時候就透露過我喜歡的他原因，難道當時哲漢沒注意聽嗎？那我是該講一模一樣的台詞還是……「因爲我打從第一眼就對你有好感，不是一般般的好感，而是像丈母娘看女婿愈看愈有趣、愈看愈滿意、愈看愈對味那種超乎想像……呃……心蕩神迷的好感……」心裡想到就講了出來，結果講完後，自己立刻羞紅了臉，很想掩面而逃。

哲漢一聽，開始大笑，過了一下子，我也笑了起來，好難爲情。

哲漢清了清笑開的喉嚨，又認眞地提問。「妳還會再來看我打球嗎？」不難發現他的語氣裡有期待。

我對他笑，心裡有說不出的感動。「從明天開始，可以嗎？」我猜，哲漢大概也看出我的期待。

「那，明天要記得穿暖一點。」哲漢看出我臉上的困惑，又補上，「聽說明天有一波寒流要來。」

哲漢的小貼心，讓我內心一陣大感動。

「我會，那你自己也要多穿一點喔。」

哲漢又笑了，改回愜意的姿勢，仰望夜空，嘴角帶著笑。

張。

「我還有最後一個問題。」隔了幾分鐘後，哲漢又出聲。

「嗯？」我看著他的側臉，不知道爲什麼，對於最後這即將到來的提問感到特別緊張。

哲漢忽然站起身，不太好意思地搔了搔後腦杓，我抬頭，不解地盯著他。這時，哲漢臉上浮現幾分靦腆、幾分緊張，「換我追妳可以嗎？」在操場，誠懇的語氣竄進我的耳裡。

幾乎是同一時間，我的心臟隨著他的提問，像剛跑完百米般急速跳動。

感動？興奮？緊張？羞赧？我不知道該怎麼形容自己當下的心情，也忘了當下該有什麼樣的反應，只是愣愣地張嘴仰頭看著他，然後好幾秒過去，心中盈滿的暖意讓眼眶漸漸濕潤，偌大的欣喜才從嘴角洩漏出，對於他的提議，我完全同意。

我在想，如果我嘻嘻地笑出聲，哲漢會不會覺得我有點三八？不過我是眞的滿想站起身來，在場中央直接大聲宣布姜哲漢要追求我的喜訊。哲漢想追我，這是不是也代表他認同我？還有，他是喜歡我的。

他是喜歡我的。

然後我終於忍不住地嘻笑出聲，直到哲漢用詫異的眼神看著我。好在我的喜悅很快地傳染給他，見我笑得如此開心，哲漢也不自覺微笑起來。

他又坐回我身邊，這一次靠得很近，近到只有一個拳頭的距離，近到彼此的呼吸聽來清晰。

也許是月色太美，也許是心情太好，也許是風輕柔得像祝福，我很自然地把頭輕輕靠在哲漢的前臂上。雖然這個動作讓我緊張到身體不自然地輕顫，當我把頭往哲漢的臂上一靠，幸福的滋味簡直讓人陶醉。哲漢起先被我的舉動給嚇了一跳，不過他適應得很快，不但眼帶柔情地對我微笑，還很貼心地把身子放低一些，讓我可以靠在他肩上。

「可是我不是高䠷漂亮的女生。」我輕輕地說。

「可是妳是善良可愛的女生。」哲漢說話的時候，我能從耳裡聽到音頻的震動。

我在他的肩上，竊笑。

「妳一定覺得很突然吧？我突然說要追妳……」

哲漢不這麼提醒，我倒是沒注意到這一點，然後我以略帶狐疑的姿態審視他，

「喔，結果又是爲什麼要追我？」

「那是因爲我發現我喜歡妳。」

他話一出口，我抖了好大一下，是難以置信的喜悅。

「妳會冷嗎？」由於那一下抖得太大，引來哲漢的關注。

「還好。」我尷尬地笑了笑，挪動身子，把頭靠回哲漢肩膀上。「那你是什麼時候發現喜歡我的？」

「剛才我回教室拿手機，看見妳趴睡在我課桌上，我很驚訝，因爲孫慈的事，我以爲妳會討厭我、生我的氣，可是我卻在教室裡發現了妳。我心臟突然跳得好快，而且……」哲漢看著我，帶著羞怯，「我很高興，很高興看見妳睡在我的桌上。」他略感不好意思地別開臉，沒想到哲漢竟有這麼可愛的一面，我臉上的笑意更加遏止不住。

「就這樣，發現喜歡我的？」好啦，我是應該適可而止，但骨子裡還是忍不住想知道更多答案。

「當知道阿勳要追妳，心裡就有怪怪的感覺，那種感覺是會擔心而且……有點不是滋味。」他坦白。

原來還有這樣的事，這樣子很好，吃味吃得很好，我在心底讚許他。

「可是那時你不是還說大頭菜人很好？」我小抱怨。

「可是我後來問妳會答應阿勳的追求嗎，妳還不是回我說他人還不錯。」

哇咧，這個時候他的反應和記憶力可就特別好了。

之後，我們又聊了很多很多，彷彿想把先前那段失聯的日子給補回來。期間也聊到了大頭菜。哲漢說大頭菜有交代，如果我們交往了，短時間不能讓他看到我們手牽手，因爲他會很不是滋味。所以我在想，當時大頭菜那句「我國小暗戀的對象被好朋友把走，我就不能生氣一下？」的話，是不是早就透露出大頭菜有未卜先知的能力。

開始約會的第一天，那頂帽子又重回我身邊，哲漢說那是專屬我的帽子，一直被小心保管在櫃子裡，等待它的主人再次戴上它。

交往後的第三天，電腦桌布上多了好幾張我和哲漢的合照，不僅是緊緊相依偎，還很幸福地笑著呢！笑著呢！

某天，好像是除夕夜當晚，哲漢突然好奇地打電話問我，如果後來他一直沒喜歡上我，那我會放棄喜歡他嗎？

我笑著回答他說我會，不過這種果斷的決定，大概要等個一年、兩年，甚至四年、五年，我才會徹底地死心放棄。或者再遇上一個讓我眞正有想戀愛感覺的男孩，才會淡忘他這個人。

然後，電話那端的哲漢笑得像個拿很多袋紅包的孩子。

然後，我又對他說，在多年的以後，我還是會想起我當初這麼樣地喜歡一個男孩，他有著致命的吸引力，讓我深深深深地喜歡他。

當然啦！話筒裡又傳來一陣滿足得意的清脆笑聲。

之後，哲漢倒關心起我怎麼會那麼傻。

我說那是因爲我是這麼樣這麼樣地愛著他。

「那我也會很努力很努力地疼妳。」最後，電話那頭的哲漢這麼保證。

結束通話後，我在想，大過年哭是不是會觸霉頭？

大概不會吧，因爲那是感動的眼淚。

【全文完】

國家圖書館出版品預行編目資料

這樣，愛你／溫暖38度C著. -- 初版. -- 臺北市；商周，城邦文化出版；家庭傳媒城邦分公司發行，民99.07
面； 公分. --（網路小說；156）

ISBN 978-986-272-006-6（平裝）

857.7 99010518

這樣，愛你

作　　者／溫暖38度C
企畫選書人／楊如玉、陳思帆
責 任 編 輯／陳思帆

版　　權／翁靜如
行 銷 業 務／朱書霈、蘇魯屏
總　編　輯／楊如玉
總　經　理／彭之琬
發　行　人／何飛鵬
法 律 顧 問／台英國際商務法律事務所　羅明通律師
出　　版／商周出版
台北市中山區民生東路二段 141 號 9 樓
電話：(02) 2500-7008　傳真：(02) 2500-7759
blog：http://bwp25007008.pixnet.net/blog
email：bwp.service@cite.com.tw
發　　行／英屬蓋曼群島商家庭傳媒股份有限公司城邦分公司
聯絡地址：台北市中山區民生東路二段 141 號 2 樓
書虫客服服務專線：(02) 25007718・(02) 25007719
24小時傳眞服務：(02) 25001990・(02) 25001991
服務時間：週一至週五09:30-12:00・13:30-17:00
郵撥帳號：19863813　戶名：書虫股份有限公司
讀者服務信箱 email：service@readingclub.com.tw
城邦讀書花園網址：www.cite.com.tw
香港發行所／城邦（香港）出版集團有限公司
地址：香港灣仔駱克道 193 號東超商業中心 1 樓
email：hkcite@biznetvigator.com
電話：(852)25086231　傳眞：(852) 25789337
馬新發行所／城邦（馬新）出版集團 Cité(M)Sdn. Bhd.
41, Jalan Radin Anum, Bandar Baru Sri Petaling,
57000 Kuala Lumpur, Malaysia.
電話：(603) 90578822　傳眞：(603) 90576622
email:cite@cite.com.my

版 型 設 計／小題大作
封 面 繪 圖／粉橘鮭魚
封 面 設 計／山今伴頁
電 腦 排 版／浩瀚電腦排版股份有限公司
印　　刷／高典印刷有限公司
總　經　銷／高見文化行銷股份有限公司
電話：(02)2668-9005　傳眞：(02)2668-9790
客服專線：0800-055-365

■ 2010 年（民 99）6月29日初版
■ 2014年（民 102）6月9日初版4刷

Printed in Taiwan

城邦讀書花園
www.cite.com.tw

定價／180元

ISBN 978-986-272-006-6

廣　告　回　函
北區郵政管理登記證
台北廣字第000791號
郵資已付，免貼郵票

104台北市民生東路二段 141 號 2 樓

英屬蓋曼群島商家庭傳媒股份有限公司　城邦分公司

請沿虛線對摺，謝謝！

書號：BX4156	書名：這樣，愛你	編碼：

請於此處用膠水黏貼

讀者回函卡

不定期好禮相贈！
立即加入：商周出版
Facebook 粉絲團

感謝您購買我們出版的書籍！請費心填寫此回函卡，我們將不定期寄上城邦集團最新的出版訊息。

姓名：________________________ 性別：□男 □女

生日：西元________年________月________日

地址：________________________

聯絡電話：________________ 傳真：________________

E-mail ：

學歷：□ 1. 小學 □ 2. 國中 □ 3. 高中 □ 4. 大學 □ 5. 研究所以上

職業：□ 1. 學生 □ 2. 軍公教 □ 3. 服務 □ 4. 金融 □ 5. 製造 □ 6. 資訊
□ 7. 傳播 □ 8. 自由業 □ 9. 農漁牧 □ 10. 家管 □ 11. 退休
□ 12. 其他________________

您從何種方式得知本書消息？

□ 1. 書店 □ 2. 網路 □ 3. 報紙 □ 4. 雜誌 □ 5. 廣播 □ 6. 電視
□ 7. 親友推薦 □ 8. 其他________________

您通常以何種方式購書？

□ 1. 書店 □ 2. 網路 □ 3. 傳真訂購 □ 4. 郵局劃撥 □ 5. 其他________

您喜歡閱讀那些類別的書籍？

□ 1. 財經商業 □ 2. 自然科學 □ 3. 歷史 □ 4. 法律 □ 5. 文學
□ 6. 休閒旅遊 □ 7. 小說 □ 8. 人物傳記 □ 9. 生活、勵志 □ 10. 其他

對我們的建議：________________________

____

____

【為提供訂購、行銷、客戶管理或其他合於營業登記項目或章程所定業務之目的，城邦出版人集團（即英屬蓋曼群島商家庭傳媒（股）公司城邦分公司、城邦文化事業（股）公司），於本集團之營運期間及地區內，將以電郵、傳真、電話、簡訊、郵寄或其他公告方式利用您提供之資料（資料類別：C001、C002、C003、C011 等）。利用對象除本集團外，亦可能包括相關服務的協力機構。如您有依個資法第三條或其他需服務之處，得致電本公司客服中心電話 02-25007718 請求協助。相關資料如為非必要項目，不提供亦不影響您的權益。】

1.C001 辨識個人者：如消費者之姓名、地址、電話、電子郵件等資訊。
2.C002 辨識財務者：如信用卡或轉帳帳戶資訊。
3.C003 政府資料中之辨識者：如身分證字號或護照號碼（外國人）。
4.C011 個人描述：如性別、國籍、出生年月日。

請於此處用膠水黏貼